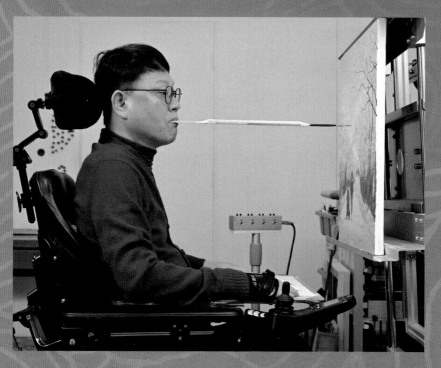

꿈이자 운명인 삶 구필화가 송진현

?

가족사진

소위 임관

부모님과 함께

대학교 졸업식

고등학교 친구들과 함께

지리산 천왕봉 등정

붓을 물고 작업 중(이제는 입안에 고정장치를 넣기도 하고
또 요령도 터득해서 작업하는 것이 처음처럼 힘들지 않다)

작품 시연

오스트리아 세계구족화가협회 총회에서

귀로(116.8×91.0cm) oil on canvas 2005

기억 저편(116.8×91.0cm) oil on canvas 2008

살아가려면(91.0×116.8cm) oil on canvas 2011

나를 만나는 시간(80.3×116.8cm) oil on canvas 2023

비 오는 날(39.0×70.0cm) oil on canvas 2023

누구 시리즈 34

문학적 초상화 프로젝트
2024년 <누구?!시리즈10>을 발간하며

궁금증이 감탄으로 변하게 하는 이야기를 담은 작은 인문학도서 <누구?!시리즈>를 기획하게 되었다. 인문학이란 사람의 이야기를 기본으로 하는데 그 삶에서 장애는 비장애인들이 경험하지 못한 특별한 이야기여서 사람들에게 감동을 준다.

특히 장애인예술은 장애예술인의 삶 속에서 녹아 나온 창작이라서 장애예술인 이야기를 책으로 만드는 <누구?!시리즈>는 꼭 필요한 작업이다. 이 책은 장애예술인의 활동을 알리는 소중한 자료가 될 것이기에 <누구?!시리즈> 100권 발간 목표를 세웠다. 의문과 감탄을 동시에 나타내는 기호 인테러뱅 (interrobang)이 <누구?!시리즈>를 통해 새로운 감성으로 확산될 것으로 믿는다.

<누구?!시리즈 100>이 완간되면 한국을 빛내는 장애예술인 100인이 탄생하여 장애인예술의 진가를 인정받게 될 것이며, 100인의 장애예술인을 해외에 소개하면 한국장애인예술의 우수성이 K-컬처의 새로운 화두가 될 것이다.

_ (사)한국장애예술인협회 회장 방귀희

꿈이자 운명인 삶 구필화가 송진현 – **누구 시리즈 34**
송진현 지음

초판1쇄 발행 2024년 11월 1일

지은이　송진현
펴낸이　방귀희
펴낸곳　도서출판 솟대
등록　1991년 4월 29일
주소　서울시 금천구 서부샛길 606, 대성지식산업센터 B동 2506-2호
전화　02)861-8848
팩스　02)861-8849
홈주소　www.emiji.net
이메일　klah1990@daum.net

값 12,000원

ISBN 979-11-985730-9-4 03810

주최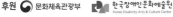

후원 문화체육관광부　　한국장애인문화예술원 Korea Disability Arts & Culture Center

34

누구 시리즈

꿈이자 운명인 삶
구필화가 송진현

송진현 지음

그림에 대한 꿈을 꺼내 정말 힘차게 달려왔습니다

도서출판
솟대

꿈이 꺾이자 화가의 꿈이 실현되었다

하루 중 생각하는 시간이 참 많습니다. 그 덕분에 진행된 이러저러한 일도 적지 않았기는 합니다. 주마등(走馬燈)처럼 머릿속을 달려 지나는 일 중에 몇 가지를 붙잡아 보고 싶습니다. 중학생 때, 아버지는 제가 미술 숙제를 하다가 잠깐 화장실 다녀온 사이 그림도구를 감춰 버리셨습니다. 더 어릴 적에는 미술상을 받아 와도 한 번도 칭찬하지 않으셨습니다. 아버지는 삼 남매의 장남이 혹여나 화가가 될까 걱정하며 아무 말도 하지 않으시는 것으로 원천 봉쇄하셨습니다. 저는 화가의 꿈을 버리는 것이 매우 아쉬웠지만 아버지의 바람대로 사범대학에 입학했습니다. 그런데 30년이 지난 지금은 화가입니다. 그러고 보면 그림은 제게 운명이었던 것 같습니다. 꿈이었지만 오래 마음에 묻어 두기만 했을 뿐 꺼낼 수 없었던 것이었는데, 제가 침대에, 휠체어에 몸을 두는 상황이 되니 제 스스로 밖으로 나와 날아다니고 있습니다.

신문이나 텔레비전 인터뷰도 많았지만 이렇게 제 이야기를 책으로 남긴다는 것은 더 많은 시간을 생각하게 하고, 고민하게 했습니다. 그리고 지난 시간을 돌아보게도 하더군요. 글을 쓰는 사람들이 쓸 때 비로소 생각하게 된다고 하던데 정말 그런 것 같습니다.

　기억을 만날 수 있는 50여 년의 시간을 곱씹는 일은 성찰을 요구했습니다. 사고가 있었던 그날 이후 그림을 시작하게 되기까지 저는 시간의 무게에 눌리지 않으려고 애썼던 것 같습니다. 그림을 그려 보자 결심하는 일도 수월하지는 않았습니다. 이 많은 이야기를 여러분과 나누고 싶은 것은 용기와 희망을 말하고 싶어서는 아닙니다. 누구에게나 저마다 고통과 아픔, 상처가 있으니 제 것이 더 크다 할 수 없어서 함부로 호기로운 도전과 의지를 말하는 것도 적절하지 않다고 생각합니다. 다만 장애예술인들의 수많은 사연에 하나 더 얹는 마음으로 지금을 말하고, 장애인예술이란 새로운 세계를 함께 살며 우리의 예술과 미래를 이야기하고 싶습니다.

　교통사고 이후 전신마비장애가 있은 후에는 그림에 대한 꿈을 꺼내 행복하고 고통스럽게 달려왔습니다. 정말 힘차게 달렸습니다. 구필화가가 되고 세계구족화가협회 회원으로 활동하며 만난 많은 사람들과 대화하고 보고 듣고 생각한 이야기들을 그림으로 말해 왔습니다. 이제는 글이라는 또 다른 방식으로 이야기를 나누고 싶어 어렵게 빚었습니다. 서로를 향한 위로의 마음이 아니라면 살아 내기 어려운 현실에 제 이야기가 여러분을 위로할 수 있다면 좋겠습니다.

2024년 시간여행 중에
구필화가 송진현

차례

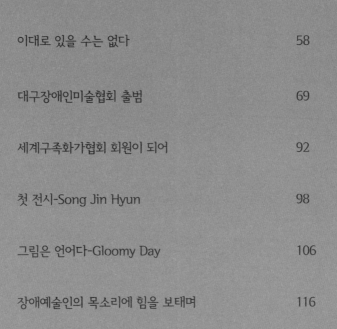

누구 시리즈 34

야무지고 예의 바른 장남

...

"한다면 한다! 할 수 있다!"

마음먹은 일이라면 안 될 것이 없다는 믿음은 내 나이만큼이나 아주 오래된 신념이다. 나의 삶의 역사를 구성한 구체적 방법론이기도 하고 불안한 미래를 대비하는 주문 같은 것이기도 하다. 나에 대한 무한한 신뢰와 이를 북돋는 마음속 구호이기도 해서 큰 산을 앞에 둔 것 같은 일을 맞닥트릴 때마다 아무도 못 듣게 힘차게 외친다. 그러면 문제를 해결할 수도 있었고, 간혹 문제가 사라지기도 했다. 그러니까 '한다면 한다, 할 수 있다!'는 속엣말은 기특하게도 나를 멋진 아이로 만들어 주었다.

국민학교, 그러니까 지금은 초등학교인 국민학교 시절에 나는 어디 나가서도 선생님인 아버지가 부끄럽지 않도록 인사 잘하고, 공부도 그런대로 잘하고, 운동도 좋아하고, 그림도 잘 그릴 뿐만 아니라 웅변대회 나가 상도 타는 등 친구들을 몰고 다니는 골목대장 스타일이었다. 학교에서도 솔선수범하여 반 친구들과 잘 어울렸고, 몸이 불편한 친구가 있었는데 장애인 같은 개념 없이 함께 등하교하고 친하게 지내서 그 친구 어머님이 나에게 야쿠르트랑 빵 등을 챙겨 주신 좋은 기억이 있다.

또 도시락을 싸 오지 못하는 친구들을 알아 두었다가 점심시간이 되면 같이 밥 먹는 친구들 수를 엄청 늘려서 한데 밥을 비며 '나눠 먹자!' 하고는 맛있으니 한 입씩 맛보라며 모두가 함께 밥을 먹었던 일도 잊을 수 없다. 그때는 밥을 굶는 아이들이 적지 않아서 밥을 나눠 먹는 일이 그다지 특별한 일은 아니었지만 그래도 한두 번이 아니라 거의 매일 도시락 싸 오지 못하는 친구들은 함께 밥을 나눠 먹는 일이 적잖은 곤욕이었다. 그 친구들은 일부러 점심시간에 축구하자고 밖으로 나가기도 하고, 삼삼오오 모여서 배고픔을 잊으려는 강제 산책을 하는 듯도 해서 마냥 도시락을 나누어 주는 것으로는 그들의 마음을 상하게 하는 것일 뿐만 아니라 도시락을 나누어 주는 친구들에게는 괜한 우월감 비슷한 고약한 마음도 생기는 것 같아서 비빔밥 이벤트를 자주 했던 것 같다. 모둠을 만들어서 '특급 비빔밥 내기'도 하고, '초대형 비빔밥 만들기'도 하면서 모두가 배부르고 신나는 시간을 만들었다.

그 시절에는 적지 않은 아이들이 배고프고, 준비물을 잘 챙기지

가족사진

못했지만 생각하면 국민학교 시절은 가장 정직한 아름다움을 누릴 수 있던 때였다. 좋을 것도 없는 놀이터에서 벌겋게 녹슨 미끄럼틀을 타면서도 '나는 타잔이다, 어어오~~' 하며 달리듯 미끄러져 내려오면 얼마나 웃고 신났던지 지금도 아파트 놀이터에서 어린아이를 볼 때마다 그 시절이 떠오른다.

그때 나는 친구들과 화판에 도화지를 한 장씩 붙여서 주변 공원이나 뒷산으로 달려 나가길 좋아했다. 특히 늦은 여름에서 가을을 맞을쯤 강가 흙길에 핀 코스모스는 가늘고 긴 몸으로 바람에 흔들거리는 모습이 허수아비 춤추듯 우스워서 길옆에 서서 따라 했던 적도 있었다. 그리고 아이들과 흙길 건너편에 주저앉아 코스모스를 그리고, 바람 따라 털고 일어선 흙먼지도 그렸다. 완전하게 빨갛지도 않은 꽃잎과, 선명하게 초록이지도 않은 줄기는 부끄러움 많은 내숭쟁이 사촌누나 얼굴 같기도 해서 후에 누나를 놀렸던 기억도 있다. 실컷 뛰어놀다가 코스모스까지 그렸으니 이제는 여름방학 숙제도 다 한 셈이었다. 그리고 방학 숙제 중 제일 공들여 한 숙제이니 개학 후에 방학 과제 상을 기대할 만도 했다.

월말고사나 기말시험에서 성적 우수상을 받는 것도 좋은 일이고, 아버지와 어머니도 칭찬해 주시니 신났지만, 나는 그림상을 받는 것이 좋았다.

그림을 그리고 있으면 늘 보았던 얼굴이나 산이나 들이나 꽃의

고등학교 시절

새로운 모습을 얼마든지 다시 볼 수 있었다. 오랫동안 바라보고 있으면 꽃들과 나무들이 말을 걸어오는 것도 같았다. 가만히 보고 있으면 내가 바라보고 있는 것들은 바라보는 나의 표정을 읽고 나의 이야기를 듣고 있는 것 같았다. 표정이 말해 주는 이야기를 제각각 상상하며 그 이야기에 대한 저들의 생각을 또 몸으로 보여 주는 것 같았다. 그림은 그래서 좋았다. 나의 마음을 읽고, 내가 또 그것들의 마음을 읽어 주며 우리 사이에 어떤 이야기가 만들어지는 일. 난 그 일이 참 재미있었다.

그러나 아버지를 생각하면 그림 그리는 일이 마냥 즐겁지 않았다. 말씀은 하지 않으셨지만 아버지는 내가 그림 그리는 것을 싫어하셨다. 아버지는 내가 미술상을 받아올 때마다 아무런 말씀도 하지 않으시고, '뭐 그런 미술상을…' 하시며 떨떠름한 표정이셨다. 그래도 어머니는 잘했다고 하셨지만, 공부 잘하는 아들의 출중한 취미 활동 정도로 생각하셨던 것 같다.

아버지와 어머니는 내가 공무원이나 교사가 되어 나라와 국민에 봉사하는 삶을 살기 원하셨다. 누구에게 쓰임이 되는 삶을 사는 것이 부모님의 가르침이었기 때문에 아버지에게 그림은 실제적이지 못한 것이었을 수도 있다. 배우고 익혀서 이 나라 발전을 위해 역할할 수 있는 인재를 양성하고, 그 일을 하는데 자신의 지식과 재능과 역량을 쏟아부어야 하는데 아들이 이런 중요한 과제를 잊고 있는 것 같아서 안타까우셨으리라. 아버지는 지금의 현실을 인식하지 못하고 꽃과 나무를 보고 행복해하고, 마냥 하늘과 강물을 바라보는 아들의 모습이 걱정스러우셨을지도 모르겠다.

나도 일찌감치 아버지의 뜻을 잘 알고 있었기 때문에 원하기는 했지만 미술로 직업을 삼거나 작가가 되는 등의 일은 생각하지 않았다. 내가 평생 해야 하는 일을 찾아서 이를 꿈으로 삼고, 그 일을 하면서 피곤하거나 힘에 부칠 때 쉬어 가는 방법으로 그림을 그리겠다고 생각했다.

그림은 뭔가 내가 다다르고 싶은 목표가 아니라 목표를 향해 달려가는 길에서 잠시 쉬어 가는 쉼터였고, 갈망하는 오아시스였다.

자유를 생각하며

...

중고등학생 때 나는 내 안에서 느껴지는 기운이 제법 싹을 틔우고 자라서 무한한 자유를 추구하고 싶었던 조금은 반항적인 예비 청년이었다. 좋아하는 시도 몇 편 외우며 친구들과 어울려 크고 작은 산의 정상을 달려 올라 함성도 잊지 않는 호기로운 때를 누렸다. 중고등학생 때는 현실 참여적 시인의 작품이 교과서에 실리거나 수업 시간에 거론되지 않았는데 그럴수록 친구들과 나는 일제에 저항했던 이육사의 시부터 강제와 폭력에 저항하고 당당하게 문제를 말했던 참여 시인들의 시에 매력을 느꼈던 것 같다.

그즈음 내 마음을 울린 작품은 김수영 시인의 시 〈푸른 하늘을〉이었다.

푸른 하늘을 제압(制壓)하는
노고지리가 자유(自由)로왔다고

고등학교 친구들과 함께

부러워하던
어느 시인(詩人)의 말은 수정(修正)되어야 한다

자유(自由)를 위해서
비상(飛翔)하여 본 일이 있는
사람이면 알지
노고지리가
무엇을 보고
노래하는가를
어째서 자유(自由)에는
피의 냄새가 섞여 있는가를
혁명(革命)은
왜 고독한 것인가를

혁명(革命)은 왜 고독해야 하는 것인가를

- 『김수영 전집 1』 민음사, 203면

  비상하는 새의 자유로움이 무엇을 대가로 치렀는지 말하는 시
가 매력적이었다. 우리의 자유가 무엇을 견디고 마침내 이겨서 획
득한 것인지를 계속 생각하며 고작 고등학교 신입생인 주제에 나
름 고민도 많았다. 그러나 무엇이 우리를 옥죄고 있는지에 예민

하려고 했고, 그것이 무엇이든 굴복해서는 안 된다는 호기로움은 거의 대개가 치기였다. 어찌 됐든 그때 김수영의 시는 틀에 짜여진 학교 공부와 입시제도, 강력하게 우리를 규제했던 학교 규칙 등에 답답함을 느낀 대다수 고등학생들에게 문학적으로나마 해방감을 느끼게 해 줬다.

나는 그즈음 시험공부에 지쳐 있을 때마다 연습장을 한 장 '부우욱' 뜯어 밖으로 나갔다. 연습장은 영어 단어를 까맣게 써 가며 외우고, 역사 지식을 연도별로 써 가며 확인하고, 반으로 접어 틀린 수학 문제를 메모하며 다시 풀어 보기를 거듭했던 용도였다.

나는 밖으로 나가서 운동장 한 면을 빙 둘러 의자처럼 시멘트로 만든 스탠드에 앉아 하늘을 보았다. 답답한 가슴이 후련하게 뚫리는 것 같았고, 심장 사이로 바람이 스며들어 오는 것 같아 숨을 쉴 수 있었다. 그래서 내게 푸른 하늘은 더 특별했다.

나는 시를 떠올리고, 잠시 생각에 잠겼다가는 연습장에나마 창공을 가르는 새를 한 마리 그리기도 했다. 그렇게 시를 외고, 그림을 그리면 입시에 대한 부담과 중간시험, 월말고사, 기말시험 성적 발표와 함께 공개되는 전체 석차의 무시무시한 공포로부터 안전하게 도망칠 수 있었던 것 같다.

김수영 시인은 암울한 시대에 저항했다는데 나는 고작 지금 나의 현실에만 관심이 있는 것이 부끄러웠지만 내 안에서는 나름

지리산 천왕봉 등정

어른이 된 후에 어떻게 살 것인가를 고민하는 멋진 녀석도 있었다. 믿음직한 장남의 역할을 기대하는 부모님을 실망시키지 않으면서도 어른이 되어서는 내가 살고 싶은 삶을, 지금을 꿈꿀 수 없어 간직하기로 한 꿈을 펼쳐 보리라 다짐했다. 높이높이 훨훨 날아다니며 무엇에도 얽매이지 않는 자유로운 삶을 살아 보리라 꿈꿨다.

나는 지금 정해진 틀 안에서 무사하게 살기 위해 공부하고 있으니 미래에도 무사하기를 기대하는 것이 아니라 어쩌면 실패하더라도, 힘들고 어렵더라도 내가 정말 살고 싶었던 삶의 방식은 어떤 것이고, 정말로 원했던 것은 무엇인지 찾아가는 삶을 살고 싶었다. 어쩌면 그런 삶은 이상일 수밖에 없을지 몰라도 찾아내고 싶었다. 산을 오른다고 생각해 보자. 올라갈 때는 정상을 목표하지만 혹 정상에 도달하지 못한다 해도 산에 오르는 그 시간과 과정을 향유할 수 있었다면, 오르는 동안 공기와 바람과, 함께 산에 오르는 동료와 새와 꽃과 나무와 교감하며 자연을 누렸다면 이 또한 얼마나 큰 기쁨인가 말이다.

그런데 왜 우리는 정상에 서는 것만을 목표로 하는지 답답했다. 정상에 오르던 그렇지 않던, 산을 오르며 숨차고 고통스러움을 이겨 내고 마침내 정상에서 나를 이긴 기쁨과 성취감을 경험했다면 이 또한 얼마나 귀한 경험인가. 또 정상에 서지 못했다고 해도 산과 함께한 등산의 전 과정의 즐거움을 내 것으로 했다면 이

또한 자유롭고 주인 되는 삶일 것이다.

오랜 시간 우두머리가 된 관념들. 산을 오르면 정상에 서야 하고, 힘들어도 이겨 내야 하고, 마지막까지 포기하지 않고 주어진 과제를 다 해야 하는 등등의 생각들은 나를 비롯한 그때의 청춘들을 끊임없이 위협하고 협박했다.

나는 끊임없이 나의 '능력 있음'을 증명해야 하는, 증명을 강요당하는 일련의 일들에 맞서 보기로 했다.

청년으로 서다

...

대학은 부모님의 뜻을 거스르지 않고 사범대학에 입학했다. 그냥 견딜 만한 전공을 선택했다. 화학교육. 사실 그림과 시를 좋아했지만 수학이나 과학도 제법 잘 해서 선명하고 분명한 시작과 맺음을 강조하셨던 아버지의 뜻을 따라 화학 교사의 꿈을 맡아 안았다. 그때만 해도(아니 아버지와 다른 가족분들만 그렇게 생각하셨을지도 모른다) 집안의 장남은 곧 집안의 미래라는 인식이 강해서 과학, 수학이란 이성적이고 합리적인 학문을 가르치는 선생을 하는 것은 지극히 마땅했다.

나는 이러한 집안의 분위기를 부지불식간에 내면화했던 것 같다. 부모님의 바람을 곧 나의 바람으로 치환해 버렸을 수도 있다. 어쩌면 화가의 꿈을 키우는 것보다는 아버지의 자랑스런 아들로 역할을 하며 사회와 가족에게 인정받는 평범한 삶을 살고 싶었을지도 모른다. 대구대학교 운동장에 빙 둘러 붙여 둔 합격자 명단에서 나의 이름을 발견했을 때, 나는 묵직하게 웃고 격려

해 주실 아버지의 얼굴을 떠올렸다. 그리고 결혼해서 첫아들을 낳고, 남편에 이어 장남이 교사가 된다는 현실은 어머니의 바람이었는지 모른다. 그날 온 가족이 둘러앉아 축하의 말을 건넬 때, 아버지는 '잘했다!' 짧은 축하에 이어 이제 대학 생활을 어떻게 해야 할지, 교사가 되려면 어떤 마음가짐이어야 하는지를 연설하셨다.

절대 겸손하고, 교수님들께 공손하고, 같은 과 학생들 사이에서도 모범이 되어야 한다는 중고등학생 때의 걱정을 다시 한 번 시작하셨다. 아버지는 아들이 믿음직스러우셨지만, 혹여라도 잠시 잠깐 마음이 흔들리거나 공부 이외에 다른 것에 눈을 두지 않기를 바라셨다.

아버지는 내가 졸업 이후 곧장 임용되지 못할까도 염려하셨을 거다. 가만 보니 부모 말을 잘 듣는 것 같으나 짬짬이 시를 읽고, 글을 쓰고, 그림을 그리는 아들의 마음속에는, 머릿속에는 어떤 생각들이 움직이고 있는 것인지 불안해하시는 것 같았다. 아버지는 초등학교 때부터 대학생이 되기까지 한 번도 아버지 뜻을 거스르거나, 문제적 행동을 하지 않은 아들이지만 혹여라도 대학생이 되어 지금까지 당신 뜻대로 살아온 모습에서 달라질까 그것까지도 염려하셨다. 아버지의 바람은 아들이 열심히 공부해서 좋은 성적을 받고, 대한민국의 건강한 청년으로 무사히 군 복무를 마치고 대학 졸업과 함께 화학 교사가 되고, 그즈음 교양 있고 현명하고 소박한 숙녀를 만나 결혼하여 가족을 꾸리는 것이었다.

나는 아버지의 계획에 따르기로 했던 것 같다. 아버지가 자세하

자취방에서 노래를 하고 있다. 낭만을 바라는 마음은 사라지지 않았다.

대학교 졸업식

게 말씀하신 적은 없지만 아버지의 사는 모습이 나빠 보이지 않았고, 좀 더 정확하게는 훌륭하다고 생각했기 때문이다. 그러니 나는 큰 저항 없이 내 꿈쯤 깔끔하게 접을 수 있었던 거다. 나의 사범대학 진학은 아버지와 어머니의 구체적 바람이긴 했지만 나도 자연스럽게 수용하면서 재미있을 것 같지는 않았지만 나라에 필요하고 사회에 봉사하는 아이들을 길러 내는 일을 잘해야겠다 마음먹었다.

아버지는 당신이 교사로서 학생들의 재능과 역량을 알아보고 각자의 꿈을 실현할 수 있도록 가르치고, 이끌고, 응원해 왔던 보람과 사명감을 아들에게도 물려주고 싶어하셨다.

'큰돈을 버는 일은 아니지만 나라의 인재를 키워 내는 일이 얼마나 보람 있고 자랑스러운 일이냐, 돈을 많이 벌겠다는 꿈은 혹시라도 세상에 나쁜 말과 생각을 내놓고 퍼트릴 수 있는 일이니 검소하게 살면서도 이웃에게 좋은 이웃이 되고, 사회에 옳고 선한 것을 내놓을 수 있는 일을 하라.'

물론 나는 교사로서 아버지를 존경했고, 늘 공부하는 아버지가 자랑스러웠다. 아버지는 직업인으로서 교사가 아니라 하나의 인격체가 바르게 생각하고 다른 이들의 어려움이나 아픔에 공감할 수 있는 좋은 인성을 갖추도록 교육하는데 큰 책임감을 가지고 계셨다. 그들을 잘 키워서 성숙한 사회인이 되어 우리 사회의 건강한 구성원이 되도록 하는 일을 위해서 언제나 책을 읽고 공부하셨다.

아버지는 집에서 함부로 학생에 대해서 이야기하지 않으셨고, 엇나가는 학생을 두고 단정적으로 말씀하시는 법이 없었다. '그놈이 바탕이 나쁜 놈이 아이다, 기다려 주면 된다.' 하시며 가끔 후배 선생님이 집에 와서 학생의 문제를 이야기할 때마다 기다려 주라 당부하셨다. 나는 아버지가 당신의 제자들을 '싹수 있는 놈'이라고 말씀하실 때는 그냥 기분 좋아하시는 말씀인 줄 알았다. 그런데 일주일에 두서너 번 밤늦게 돌아오셔서 어머니와 나누는 말씀을 듣고서는 정말 교육자로서 아버지가 존경스러웠다. 아버지는 간혹 밤늦게까지 집에 안 들어가는 학생을 쫓아다니며 기어코 집에 들여보내셨고, 경찰관과 동행하며 크고 작은 문제를 만든 학생들을 찾아냈고, 그때마다 선처를 바라는 머리 숙임도 마다하지 않으셨다. 지금 만약 문제가 생기면 생활기록부에 '빨간줄'이 간다며 늦은 밤까지 학생의 선처를 바라는 탄원서까지 썼던 일도 적지 않았다. 아버지는 그렇게 온 마음을 다해서 담임 맡고 있는 학생들을 챙기셨다.

초등학교부터 대학 졸업까지, 학생으로 명명되는 시간 속에서 나는 부모님의 가정교육 때문에 늘 나의 역할에 고민했고, 국가와 사회에 대한 책임감 때문에 스스로 생활에 규칙을 만들고, 놀

야학 학생들과 함께한 문예행사

임관 후 야학 교사, 학생들과 야유회

랄 만한 일탈 행위도 하지 않았다. 그저 평범한 학생으로 학과 동아리 활동에도 성실했고, 자취를 하고 있었지만 제때에 끼니를 챙기고, 운동으로 체력도 기르는 '꿈 많은 청년'이었다.

대학 4학년 졸업반 때는 군에 입대하기 전 좀 의미 있는 일을 하자고 경북 경산에 있는 '우리학교'라는 야학에서 학업이 중단된 직장인들을 가르치는 야학 교사를 했다. 만난 학생들은 지식과 배움에 대한 열정이 대단했는데, 길지 않은 시간이었지만 그들로부터 배운 것이 더 많았던 기억이다. 그때 학생으로 만난 친구들은 대부분 학업을 이어 나가 당당한 사회인이 되어 가정을 이뤄 잘 살고 있다. 그리고 당시에 함께했던 교사들, 학생 그리고 그 자녀들이 30년이 지난 지금도 나의 전시에 찾아와 주며 인연을 이어 가고 있다. 그때의 나의 1년은 너무도 의미 있고 가치 있는 소중한 시간이었다.

졸업 후 학사장교로 군 복무를 하게 되어서 이에 대한 대비에도 성실했다. 3사관학교에서 진행되는 새벽 구보나 방학 중 훈련에도 낙오되거나 미흡한 성취를 한 적 한번 없이 정돈되고 건강한 하루를 꾸려 갔다. 덕분에 규칙적으로 생활하며 절제된 언어와 행동을 실천하고, 품위를 잃지 않는 생활이 몸에 익숙해졌다. 그리고 졸업과 함께 소위로 임관하던 날, 부모님은 나를 자랑스러워하셨다. 장교로 군 복무하며 부대원들을 잘 챙기고, 솔선수범하는 모습으로 존경받는 것이 진정한 장교라면서 아버지는 또 당

소위 임관

부모님과 함께

부를 잊지 않으셨다. 아버지는 ROTC 3기 장교 선배였다.

어린 시절부터 청년이 되어서까지 나는 항상 부모님의 바람을 의식하며 살았다. 부모님의 바람에 부응하기 위해서 나를 괴롭히거나, 더 잘하려고 노력한 것은 아니지만 부모님이 보여 주신 모습이 좋은 어른의 모습이었고 존경스러웠기 때문에 마음에 두고 따라 살았다. 적어도 부모님처럼 정직하고 소박하게 살기를 계획했고, 땀 흘리지 않고 얻는 것은 없다는 것을 믿으며 살았다. 수고하지 않고 얻은 것에 부끄러워했고, 함부로 다른 사람을 판단하거나, 단정하는 말을 삼갔다.

덕분에 대학 졸업과 함께 시작한 군 복무를 시작한 때로부터 30여 년 남짓한 시간이 지난 지금, 나는 그때의 마음을 잃지 않은 것 같아 안심하고 기쁠 때가 있다. 자연스럽게 몸으로 익히고 마음에서 공감한 일련의 생각 덕분에 나는 용기와 기백, 도전과 의지를 힘껏 응원하는 중년이 될 수 있었다. 그리고 이를 계속 지켜갈 수 있는 구체적 방법을 고민하고, 부지런히 찾아보고 실천하는 '괜찮은 어른'이 되려고 노력하고 있다. 그러고 보니 쉰을 넘긴 지금까지도 나의 계획과 바람은 부모님으로부터 배운 것에 뿌리를 두고 있다. '스며든다'는 표현은 이럴 때 쓰는 것인가 보다.

청년, 군인 되다

...

주어진 일, 해야 하는 일을 위해 달렸던 나의 부지런한 뜀박질 역사는 제법 길다. 전방 초소 근무와 수색대 근무 등으로 이어진 군 생활은 잠시의 게으름을 허락하지 않았다. 늘 긴장의 연속으로 나를 괴롭혔고 체력적 한계를 경험하며 적잖이 스스로에게 실망하게 했다. 사실 장교로 군 복무를 하면 일반 사병보다 좀 더 수월하지 않을까 생각했다. 지나고 보니 얕은 꾀이기도 했던 것 같은데 결국 제 꾀에 넘어간 셈이었다. 체력도 일반 사병보다 월등하지는 않다 해도 절대로 뒤져서는 안 됐고, 예측할 수 없는 상황에 대한 신속하고 정확한 판단도 필요했다. 더군다나 전방 초소 근무는 잠깐이라도 마음을 놓을 수 없는 곳이었기에 흐트러짐 없는 장교의 모습이 사병에게 안정감을 줄 수 있기에 나를 더 다그칠 수밖에 없었다.

부하들의 생명을 지켜야 하는 소대장, 중대장의 임무는 간부와 사병 사이에서 다양한 역할을 요구했기 때문에 가장 인간적이고 마음을 울리는 감동의 경험도 필요했다. 정확하고 원칙에 따라 생각하고 실천하는 군대이지만 마음이 통하기 위해서는 꼭 그것만이 답은 아니었다. 전방 근무를 하는 병사들에게 긴장의 연속을 기대하는 부대의 지침은 그들에게 강력하게 책임을 묻고, 책임을 인지시키는 것만으로는 부족했다.

나는 사병들의 기대보다는 현재에 대한 만족 정도, 어려움 등을 파악하는데 좀 더 관심을 쏟았던 것 같다. 지금 이순간 병사의 마음가짐과 태도에 대한 빠른 이해가 작전 수행에 큰 영향을 주기 때문에 우울이나 근심 걱정이 있는 부하들을 찾아내고, 면담도 하고, 만날 때 상황이나 안부 등을 묻는 일에 부지런했다. 그러다 보니 소대원이나 중대원들의 이름이나 출신, 가족관계 등에 대해서도 잘 알게 되었고, 사회에서 무엇을 하다가 군에 왔는지와 세대 후 무엇을 할 것인지 등도 자연스럽게 이야기 나눌 수 있었다.

특별히 나름의 재능이 있는 소대원들에게 지속적인 동기부여를 했던 것 같다. 초소 근무를 나갈 때나 작전 수행이 있을 때마다 각자의 역할을 주지시키고, 수행을 무사히 마쳤을 때 구체적으로 칭찬했던 것 같다. 전방 근무를 할 때는 더더욱 교대 근무에 나서는 부대원들의 건강과 심리 상태를 살펴보는 데 온 신경을 집중했다.

소위로 전방 수색대 GP 근무할 때는 지속적인 긴장감으로 몸

백골부대 수색대 GP소대장으로 복무하며

수방사 근무

도 마음도 많이 지쳤었다. 체력은 자신 있어서 밤낮 없이 뛰어다니는 일쯤 어렵지 않았다. 체력만큼은 자신 있었고, 또 가장 건강한 청춘이 아니던가. 그런데 중위로 진급하고서도 나의 고된 작전 수행은 멈추지 않았다. 수도방위사령부에서 근무하면서는 앞서 근무했던 부대에서처럼 브리핑 전문가로 인정받으며 관련한 업무가 많았다.

수도방위사령부에서 근무하면서는 국가 주요 시설과 기관을 지키기 위해서 더 단단한 체력과 인내심이 필요했다. 일명 '꽃보직'이라 할 수 있는 업무로부터 외면당한 나의 운명은 새벽부터 밤까지 중대원들과 함께 산을 넘고 산등성이를 달리고 낮은 포복으로 진지를 지켜 내다가도 작전과 행정 관련 주요 문제를 브리핑하는 일로 매일이 가득 채워졌다. 하지만 함께 고생하고 격려한 시간이 쌓이면서 우리 중대원들의 전우애는 아주 견고하고 멋스러웠는데 여느 부대도 그렇겠지만, 각자의 재능과 역량을 나누고 품앗이하는데 아주 자연스럽고 역동적이었다.

나는 대학에서 배운 전공 지식으로 다양한 훈련과 작전에 대한 사병들의 이해가 쉽도록 설명하고, 훈련과 작전 수행의 핵심을 전달하는 역량이 뛰어났던 것 같다. 무엇을 조심해야 하고, 무엇만 확실하게 하면 되는지를 정확하게 전달했고, 이때 나의 화학 지식은 아주 유용했다.

나눠 주고 받은 것도 있다. 부대원 중 미술을 전공한 부하에게 틈틈이 미술을 배웠다. 이때부터 군 생활에 좀 여유가 생겼던 것 같은데 홍익대학교에서 미술 공부를 하던 부대원은 내가 가끔 수첩에 스케치한 것을 보고 어렵게 말을 건넸다.

"중위님, 미술 좀 하셨습니까?"

나는 미술 좀 하셨냐는 말에 살짝 흥분되어서 '좀 잘하나?'라고 물었고 배운 적도 없고, 좋아서 끄적여 보는 거란 말에 부대원은 '재미로 그린 것 치고는 좀 괜찮은 실력'이라며 추켜세워 줬다. 나는 그림을 가르쳐 달라 부탁했고, 이후로 내 생애 최초의 미술 공부가 시작되었다.

부대원의 가르침은 매우 정성스러웠다. 쉬는 시간이나 주말에 짬짬이 가르쳐 준 드로잉은 부대 운동장에 굴러다니는 돌멩이를 그리는 것부터 시작됐다. 그 친구는 돌멩이에 빛이 비추는 각도까지 설명하며 명암 처리하는 방법과 구도를 어떻게 잡을 것인지까지 자세하게 알려 줬다. 나는 기본을 배운다는 생각으로 열심히 배웠는데, 몇 개월이 지나면서부터는 제법 대상에 명암을 표현할 수도 있었다. 다른 부대원의 얼굴도 얼추 비슷하게 그려 주면서 그리는 일은 더 재미있어졌다. 부대원은 휴가를 다녀오면서 미술사 책도 사다 주고 연습할 수 있도록 드로잉북도 선물했다. 나는 국민학생 때 도화지에 마냥 신나게 그렸던 일련의 그림들을 떠올리며 어린 시절의 설렘을 추억할 수 있었다.

날개, 꺾이고 추락하다

...

    많은 업무와 고된 훈련에 시달리는 군 복무에서 가장 행복한 것은 장교만이 누릴 수 있는 출퇴근이었다. 특별한 일이 없는 한 부대에서 나와 가까이 있는 사택으로 퇴근하는데, 부대 가까이 있다고는 하지만 부대가 아니라는 편안함과 퇴근이 있다는 사실이 힘들고 고된 훈련과 작전 수행, 어마어마한 행정업무 속에서도 나를 웃으며 버티게 했다.

    나는 동료들과 퇴근 후에 당구와 수영 등 운동을 하거나 부대와 좀 떨어진 곳에 있는, 나름 번화가에 위치한 체육관에 다니며 구리빛 근육을 키우는 일에도 힘을 쏟았다. 병사들이 부러워할 만한 근육을 만드는 일은 부대원을 통솔하는 데에도 도움이 되었고, 무엇보다 나의 건강과 무사히 군 복무를 마치는 데도 반드시 필요한 일이었다. 그즈음 나는 직업군인을 생각하고 있었다. 수많은 브리핑과 힘들고 쉼 없는 작전 수행과 훈련의 연속이었지만 규칙적인 활동과 시간 배분, 과제 해결 등 정돈되고 질서 있는 하루가 남은 내 삶의 계획과 목표 성취도 도울 거라는 믿음이 생겼다. 하루의 전체가 '무엇'을 위한 '일'이라는 것이 대단히 매력적이었다. 절제와 인내는 무료하게 보내는 시간을 없앴고, 자신의 가치를 알지 못한 채 방황하거나 관심 없음에 주저앉지 못하도록 지속적으로 나의 한계를 확인시켰다. 욕망이나 쾌락을 위해 시간과 에너지를 쓸 수 없었다는 점에서 내가 더 훌륭해지는 것 같았다. 그리고 나를 위해 사는 것이 아니라 국가와 국민을 위해서 헌신한다는 자부심과 부여받은 사명감이 충분히 나를 감동시켰다.

군에 남을 것인지를 결정해야 할 즈음에 나는 심신을 단련하여 직업군인이 되는 것으로 마음을 굳혀 가고 있었던 것 같다. 매일 늦은 밤까지 체력 단련에 힘쓰고, 운동을 마친 후 동료들과 이울려 당구나 볼링 시합을 가볍게 하는 것으로 일과를 마쳤던 나의 거의 매일은 짜릿한 쾌락은 없으나 충분한 만족과 정돈된 마음가짐을 선물했다.

'그날'은 부대서 늦게 귀가하는 바람에 시내 체육관으로 운동을 하러 갈 수 없었다. 퇴근 후 시간이 아쉽기도 하고, 배도 좀 고파서 몇몇 동료들과 야식 내기 당구 게임 한 판 하자고 관사를 나섰다. 부대서 바로 시내 당구장으로 출발하는 동료가 있었기 때문에 나는 관사에서 동료를 태우고 시내로 나갈 참이었다. 그런데 동료가 자신도 자신의 차로 운전해서 가겠다는 거다. 그 친구는 운전면허를 받은 지 얼마 되지 않았는데 새 차를 사서 한동 안 우리들의 부러움을 샀다. 겁이 많은 친구라서 자동차를 사고 도 한참을 운전하지 않아서 나를 비롯해 동료들이 운전 연수도 해 주고 그랬는데 너무나 조심스럽게 운전하는, 천천히 걷는 듯 달리는 그 동료의 운전 실력은 늘 우리의 식사나 술자리서 화제 였다.

그렇게 겁을 내던 동료가 늦은 시간이라 차가 많지 않아서 용 기를 냈는지 운전해서 시내까지 가겠다는 거였다. 나는 반가워하 며 잘 할 수 있다 용기를 준 후 뒤에서 받쳐 주겠노라고 했다. 큰 용기를 내서 운전하겠다는 동료를 응원하고 격려하고자 나는 먼 저 출발한 동료의 뒤에서 천천히 운전했다. 이전보다 제법 안정적 인 상태로 속도를 내고 굽은 길도 제법 자연스럽게 내려갔다. 나 는 혼잣말로 연속 칭찬하며 동료가 안심하도록 멀찍이 떨어지지 않고 달리며 응원했다.

동료는 허리를 곧추세우고 어깨를 잔뜩 긴장한 채로 시내 진 입하기 직전 마지막 사거리에 가까워지고 있었다. 밤이 늦어서 신 호등 불빛은 황색등이 점멸하고 있었는데 동료의 차는 그런 상 황이 익숙하지 않아서였는지 멈추거나 달리는 두 선택 중 하나를 결정하지 못했다. 통과하는 듯싶더니 급하게 멈춰 섰다. 본인도 자신의 최고 속도(그래 봤자 50Km 내외였을 뿐이다)가 부담스 러웠는지 급하게 브레이크를 밟았던 것 같다. 뒤에서 달리던 나는 앞서가는 동료가 사거리를 통과해 갈 것이라고 생각하여 달리는 속도를 줄이지 않았는데 사거리에 진입하면서 갑자기 서는 것을 보고는 재빠르게 동료의 차를 앞질렀다. 그대로 서면 빙판길에 접촉사고가 날 것도 같았기 때문에 빠르게 앞선 후에 섰다가 다시 뒤에서 따라가기로 결정한 거다.

그런데, 동료의 자동차를 앞지르는 순간 정면에서 트럭이 한 대 달려오고 있었다. 제법 밤이 깊은 그 시간에 정면에서 차가 나타나다니, 감히 짐작이나 할 수 있었던 일인가! 나는 트럭을 피해서 핸들을 반대로 꺾었고, 빙판길에 미끄러진 내 차는 그대로 논두렁 아래로 떨어져 전복되었다.

논두렁 아래로 굴러떨어지는, 굉장히 짧은 시간이었을 텐데도 나는 그 시간이 한 편의 영화처럼 지나온 삶의 장면 장면이 그려지는 것을 알 수 있었다. 몸은 깃털처럼 가볍게 느껴지고 온몸에 힘이 빠졌다. 무섭거나 두려운 마음은 없었다. 오히려 평안한 마음이었다는 것이 정확할 듯싶다. 나는 그때, 그 짧았을 순간에 침착하게 혼잣말을 했던 것 같다.

'아, 이렇게 떠나는구나!'

나는 죽는다는 사실을 순순히 받아들였던 것 같다. 오히려 이렇게 고통 없이 사라질 수 있다는 것에 놀랐던 것 같다. 그렇게 나는 편안하고 평온하게 사라지는 줄 알았다. 그리고 이후 기억은 없다.

가볍다, 깃털처럼 몸이 가뿐히 떠오른다, 가볍다.

주변이 조용하고 환해졌다. 그리고 고요하다. 온갖 생명이 약속이나 한 듯 숨까지 참았는지 빛 속에 아무 소리도 들리지 않는다, 어머니의 태중에 있을 때 이러했을까? 어떤 소음과 시선으로부터 해방된 자유로움. 어릴 적, 품에 꼭 안아 주시던 어머니의 품. 완전하게 평온하고 나른하기까지하다.

고요와 평온에 싸여 스르르 눈을 감는다.

눈을 떴다. 따갑고 날카로운 빛이 가시가 되어 눈에 박힌다. 다시 눈을 감는다. 통증과 빛을 참으려고 꼬옥 눈을 감는다. 몇 초쯤 눈을 감고 있을 뿐인데 빛은 감은 눈 사이를 파고든다. 잠깐 사이 빠져나가지 않은 빛은 눈을 감고 있는 동안에도 눈동자 이곳저곳을 돌아다니며 콕콕 찍어 대고 있다. 정체를 알고 싶어 살며시 다시 눈을 뜬다. 형광빛이다. 자비 없이 뾰족한 빛에 이번에는 눈을 감는 대신 미간을 찡그린다. 잠시 전 보았던 빛과는 다른, 노랗고 붉은 기 도는 빛이 나를 노려보고 있다.

잠깐, 소음도 들린다. 병원이다.

내가 깨어난 것은 사고가 나고 보름이나 지나서였다. 중환자실이었는데 눈을 떴을 때 밝은 빛 때문에 눈이 아팠던 것을 빼고 몸에 통증이 느껴지지는 않았다. 천장 형광등 빛에 눈이 따가웠다는 것을 인지한 순간 죽지 않고 살아 있는 것을 알았다. 간호

사와 의사가 달려오고 나에게 이름을 묻고, 여기가 어디냐고 물었다. 이름을 말하고, 병원이라고 대답하니 의사는 안심하는 눈치다.

그러고 나서 바로 부모님을 만나지는 못했던 것 같다. 누워서 생각하니 내가 중앙선을 넘었고, 달려오던 트럭과 정면충돌을 피해 논두렁 아래로 떨어진 것이니 이러한 교통사고 정황을 알게 되신다면 얼마나 실망하실까 부끄러웠다. 병원에서 이야기를 들어보니 나는 택시로 이송되었을 때 피 한 방울도 흘리지 않아서 처음에는 중상 환자인지 알 수 없었다고 한다. 그런데 경추신경이 끊어지고 전신마비가 발생한 것이다. 이 소식을 듣게 될 부모님의 마음을 생각하니 내가 느끼는 절망보다 더 큰 두려움이 생겼다. 부모님 얼굴을 어떻게 뵐지 막막했고, 어떻게 위로를 해 드려야 할지 머릿속은 하얗기만 했다. 열심히 재활하여 빨리 시간이 흘러가기만을 기다릴 수밖에 없었다. 나는 재활 의지를 다지고 목표와 계획까지 구상했다. 나를 믿고, 살아왔던 방식대로 성실하게 재활하여 이전처럼은 못하더라도 얼른 걷는 모습을 보여 드려야겠다고 결심했었다. 그렇게 결심이 서고 나니 그제서야 부모님 얼굴을 뵐 수 있을 것 같았다.

부모님이 중환자실에 들어오셨을 때, 어머니는 이미 혼이 나간 모습이었다. 얼마나 눈물을 흘리셨는지 마른 얼굴에 눈물 자국이 남아 있었고, 아버지는 표정 변화 없는 과묵한 모습 그대로이셨으나 애써 감정을 드러내지 않으려는 노력이 역력했다. 죄송하다고 말하고 싶은데 아직 목소리는 나오지 않았다. 어머니가 알아보겠냐고 했을 때 눈을 깜빡이는 것으로 안심시켜 드린 정도가 할 수 있는 최선이었다.

그런데 부모님을 안심시켜 드리긴 했는데 안심할 수 없는 일이 내 몸에 일어났다. 눈을 뜨고 누워 있는 곳이 병원이고, 교통사고가 있었고, 부모님이 오셨고, 또렷하게 의식이 있는 것까지 인지하고 몸에 힘이 없다는 느낌까지 있는 거다. 처음에는 교통사고 후유증으로 생각하고 넘겼는데 며칠이 지나도 같은 기분이었다. 나는 침대에 부린 손에 힘을 줬다. 주먹을 꼭 쥐려는 것이었다. 그런데 손에 힘이 들어가지 않았다. 순간 나는 화들짝 놀랐다. 내 몸이 나의 의지와 다르게, 나의 의사대로 움직이지 않는다는 사실이 도대체 믿을 수가 없었다.

어머니의 얼굴이 떠올랐던 것 같다. 나는 어머니의 하염없는 눈물을 보고 걱정하지 마시라고, 얼른 건강 회복하겠다고 말씀드리고 싶었다. '파이팅'이라고 의지를 보여 드리고 싶었다. 그런데 손이 움직이지 않는 것이다. 어떻게 힘을 주어 주먹을 쥐었는지조차 기억할 수 없을 만큼 손은 쓰러진 채로 주저앉아 일어서질 못하고 있었다. 발도 그랬다. 발가락에 힘을 주었지만 맥없이 무연하게 누워 있었다. 다리도, 허리도, 가슴도 마찬가지였다.

'아직 시간이 더 필요하구나!'

이렇게 생각했었다. 회복하려면 좀 더 시간이 필요하다고 생각했더랬다. 왜 아니 그랬겠는가, 논두렁 아래로 굴러떨어진 차 속에 있었으니 크게 다쳤을 것은 분명했다. 그러니 회복까지는 더 많은 시간이 필요하겠다고 생각했다. 그런데 이렇게 마음을 고쳐먹고 시간이 지나기를 바라던 때에 친척들이 면회를 오기 시작하더니 간혹 소식만 듣던 먼 친척까지 병문안을 오셨다. '아이고, 어쩌냐?'면서도, '곧 나을끼다!' 말씀하시고 나는 감사하다고 말했지만 그때부터는 내 상황에 대해서 의심하기 시작했다. 내 몸 상태가 아주 나쁘거나 나빠질 수 있으니 먼 친척까지 방문이 이어진 것이 아닌가.

내 의심은 현실이었다. 손에 힘을 꼭 쥐어도, 발가락에 힘을 주어도 내 몸은 아무런 반응을 하지 않았다. 어느 정도 시간이 지나면 나아질 거라 믿었지만 그것은 나의 바람일 뿐이었다. 자동차가 추락하며 그 충격으로 목이 눌렸고 신경을 다쳐 목 아래가 모두 미비가 되었다. 때문에 나는 영원히 일어서거나 걸을 수 없는 것이 현실이었다. 받아들여야 했던 사실이었다. 서울 대형 병원 몇 군데서도 같은 진단이었다.

1996년, 나는 그렇게 전신마비장애인이 되었다.

그때 처음으로 내 인생길에서 탈선한 기분이었다. 29세까지 인생은 계획과 준비에 따라서 제 길을 무사히 잘 달리고 있었다. 그런데 예상할 수도 없는 일이 벌어졌다. 이런 비현실적 상황을 어떻게 수용해야 할지 혼란스러웠다. 거의 눕다시피 차에 실려 병원에서 나온 내 몸은 더 이상 내 몸이 아니었다. 남동생이 내 몸에 주인 되어 힘을 쓰고 아버지와 어머니는 거들며 집 안에 들어섰을 때 그 막막함을 글로 표현하기란 아직도 많이 어렵다. 일어나 앉는 것부터 머리를 빗고 밥을 먹는 일까지 가장 기본적인 움직임조차 어려운 현실은 공포였다.

나는 어떻게 살 것인가를 생각하면 그 방법을 생각하는 것보다 지금의 두려움이 더 커서 이내 눈을 감아 버렸다.

이대로 있을 수는 없다

...

전도유망한 청년이 교통사고로 장애인이 되었다는 이야기는 그 청년의 미래를 기대하지 못하게 한다. 간혹 그 청년이 무엇인가에 도전하는 일이 생겼다면 이는 곧 장애 극복이라는 억지스러운 감동 서사로 뒤바꿈 되기도 한다. 정작 주인공의 생각이나 성서보다는 이를 듣고, 읽고, 보는 이들의 선택과 생각에 따라 이야기는 꾸며지고, 편집되어 세상에 떠돈다.

나는 퇴원 후 집에 돌아와서 하루의 거의 대부분을 드러누워 정말 원없이 텔레비전을 본 것 같다. 볼 수 있었던 거의 모든 채널의 프로그램을 섭렵했고, 요일별 시간별로 방송되는 프로그램을 꿰고 있었다. 유선방송으로 나오는 옛 프로그램도 몇 차례 반복해서 다시 보며 출연하는 연기자의 특성까지도 파악할 수 있는 경지가 되었다. 군대에서 과중한 업무와 연일 계속되는 작전 수행 등에 지쳐 있던 내겐 꿀맛 같은 휴식일 수도 있었다.

그런데 휴식이 길어지면 더 이상 휴식이 될 수 없듯이 나는 매일 공허감에 시달렸다.

그러던 중에 서울국립재활원에서 재활치료를 받을 기회가 생겼다. 재활원에 머물며 치료에 집중할 수 있어서 일어나 앉는 것을 목표로 재활원에 입원했다. 그곳에서 나와 같은 전신마비장애인을 만날 수 있었는데 병원 직원의 소개로 몇 년 선배인 이들을 보면서 일상에서 갖가지 도움이 되는 정보도 얻고, 재활치료에 전념할 수 있었다. 목표는 휠체어에 앉는 것이었다. 제법 긴 시간 앉아 있을 수 있다면 좀 다른 것도 해 볼 수 있을 것 같았다. 당장 책을 읽거나 다른 글자를 읽는 일이 불편했는데 일정 시간 휠체어에 앉을 수만 있다면 수월할 것 같았다. 소설도 시도 읽고 잡지와 다른 무엇이든 활자로 된 것들에 갈망이 컸던 터라 재활치료의 목표를 그리 잡았다.

그런데 나는 그곳에서 입원 전 가지고 갔던 목표를 성취한 것은 물론이고 이보다 더 큰, 목표와 꿈을 가지게 되었다. 그림을 그리는 일이었다. 재활원에서 만난 분들은 창작 활동을 하는 화가들이었다. 구족화가(口足畵家)! 그때 처음 들어보고 알게 된 구족화가란 명칭은 낯설고 어색했지만 만난 선배와 동료들의 작품은 놀랍고 멋졌다. 그들은 입으로 붓을 물고 그림을 그리거나 발가락에 붓을 끼워 그림을 그리고 있었다. 정말 섬세하게 대상을 표현한 것도 놀라운데 사실, 작품을 보는 일보다 그 일을 해내는 작가들에 대한 감동은 표현하기 어려울 만큼 컸다. 그리고 그들에게서 작가로서의 당당함과 자부심을 느꼈을 때는 내 인생에 또 다른 길을 만난 것 같아서 설레고 용기도 생겼다. 두 번째 다시 시작된 생을 살아갈 또 다른 방법을 만났으니 어찌 아니 그렇겠는가!

　나는 집으로 돌아오는 차 안에서 그림에 도전하기로 결심했다. 마침 집에 도착했을 때 제수씨가 텔레비전에서 보았노라며 구필화가의 작품을 소개하고, 관련한 영상도 알려 주었다. 그리고 스케치북과 싸인펜, 그림물감과 붓 등을 선물하며 조심스럽게 나의 도전을 응원했다. 조심스럽게, 그러면서도 결연한 의지가 보이는 제수씨의 모습에 난 고맙다는 말과 감사의 마음을 크게 드러내지도 못했지만 마음속에는 큰 울림이 있었다. 나의 '마음먹음'과 때맞춰 내게 그림을 그려 보시라 말하는 제수씨의 제안이 마치 운명처럼 생각되었다. 지금도 그렇게 언제나 내게 마음과 시간을 나눠 주는 동생과 제수씨에 대한 고마움은 그때도 지금도 든든하고 삼농이다.
　나는 그림을 해 보기로 했다. 도전하고 싶은 것이 생기니 일상을 맞는 마음은 달라졌다. 아침이 반갑고, 잠들 시간이 감사했다. 부모님도 반가워하셨는데 어릴 적 혹여나 화가가 될까 염려하셨던 아버지의 모습은 온데간데 없었다. 그도 그럴 것이 이제 나의 그림 그리기는 두 번째 삶의 시작이었고, 생존을 위한 몸부림이었다. 아버지도 이전과는 달리 응원하실 수밖에 없었을 것이다. 하루아침에 펄펄 뛰어다니던 아들이 전신마비장애인이 되어 이대로 당신의 삶도, 노년의 인생 계획도 모두 달라지게 된 현실에서 아들이 무엇인가를 하겠다고 다시 의지를 북돋는 모습은 작게나마 위로였을 것이다. 짐작하건대 아버지의 마음은 그러셨을 거다.

나는 아버지의 마음을 짐작하면서 한 가지를 더 결심하게 됐다. 내가 그림을 시작하는 것은 재활이 목적이 아니며 구필화가가 되어서 남은 내 삶의 주인이 되어 살겠다는 것이었다. 이제 막 노년을 준비하는 부모님에게 짐이 되지 않겠다는 결심을 다지면서 이 의지가 꺾이지 않도록 마음을 단단히 채비했다. 그리고 그림 공부를 시작했다. 장교 시절 부대원에게 간간이 배웠던 기초지식을 배경으로 미술 이론부터 학습하고 동시에 붓을 무는 연습을 시작했다.

미술학원이나 학교에 다니는 것이 현실적으로 어려워지면서 나는 중고 서점에서 중학교, 고등학교 미술책을 사서 무작정 읽었다. 관련한 지식을 알기 위해서 필요한 책을 말하며 메모해 달라 어머니에게 부탁하고, 동생이 도서관에서 빌려 온 책을 탐독했다. 그렇게 공부하면서 그림의 효용과 목적, 가치에 대해서 생각할 수 있었고, 시대와 현실을 담아낸다는 면에서 그림을 통한 소통의 의미와 가치를 깨닫게 되었다. 역사를 증언하는 목소리로서 그림의 역할에 매력을 느꼈고, 은유적으로 현실을, 사건을, 기억을, 현상을 전달하는 창작 행위에 경건한 마음이 생겼다. 미술사를 공부하면서 과학과 신화와 연계된 작품의 의미를 되짚는 일은 매우 흥미로웠다. 더불어 그림 속 숨겨 둔 의미를 찾아내는 일은 작품을 읽는 '눈'을 인식하게 했다.

보이는 것, 드러난 실체의 가치만을 탐색하고 구명했던 지금까지의 사고는 그림 공부를 하면서 보이지 않는 것의 역할과 힘을 깨닫게 했다. 그림 공부는 보이는 너머를 의식하게 했고 본질과 존재에 대한 탐구를 자극했다.

곁에 앉아서 매 페이지를 넘겨 주셨던 부모님의 도움으로 긴 시간 독서할 수 있었던 시간은 창작에 귀한 영양분이 되었다. 또, 국립재활원에서 보낸 시간은 그림을 시작하는 동기부여가 되었을 뿐만 아니라 휠체어에 앉을 수 있는 시간을 좀 더 길게 유지할 수 있게 해서 집에 돌아와서도 시간을 정해 놓고 재활에 매진할 수 있었다. 덕분에 조금이라도 더 오래 앉아 책을 읽고 그림을 그리기 위한 연습 시간을 확보할 수 있었다. 이렇게 하루 시간이 해야 할 일과 하고 싶은 일을 하는데 쓰이다 보니 어느덧 하루는 꽉 채워졌고 몸은 피곤했으나 매일 활력은 넘쳤다.

그림 연습을 하면서 맨 먼저 해야 할 일은 붓을 입에 무는 일이었다. 이미 재활원에서 그림을 그리는 선배들에게 얻은 정보가 있어서 입에 물고 그림을 그릴 수 있도록 붓을 준비할 수는 있었는데 문제는 이것을 입에 물고 밑그림을 그리고 채색을 하는 일이었다. 붓을 입에 물고 있는 것부터 채색하는 등 붓을 다루는 일이 가장 어렵고 힘들었다.

제일 먼저는 입안이 헐고 부어서 침조차 삼킬 수 없는 지경이 되었고, 잇몸이 벗겨지고 피가 나는 일은 다반사였다. 오래 붓을 물고 있으니 이가 휘었고, 잇 사이가 벌어지는 일도 비일비재했다. 그리고 턱에 찾아드는 통증은 날이 갈수록 더 심해져서 밤에는 잠들기조차 어려운 지경이었다. 그런데 이상한 것은 그 모든 과정이 고통스럽지 않았다는 것이다. 오늘, 이전 날보다 더 오래 붓을 물고 있었다면 꼭 상을 받은 어린아이처럼 기분 좋았다. 그렇게 하루하루가 쌓이니 스케치북에 줄을 긋는 것부터 시작한 그림은 형체를 만들기 시작했다. 하루의 거의 모든 시간을 입에 붓을 물고 그림 그리는데 쏟아 낸 결과가 서서히 얼굴을 보여 주고 있었다.

그림을 그리기 시작하면서 매일 감사와 보람을 느끼며 내일을 기대할 수 있어 행복했다. 무엇보다 이제 휠체어에 앉아서 살아갈 내 삶을 온전하게 받아들일 수 있었고, 덤덤하게 수용할 수 있게 되었다. 매일 그림 공부를 하면서 내게 온 가장 분명한 마음이었다. 나는 내게 희망과 소망을 가질 수 있겠다고 말하고 있었다.

1999년에는 장애인미술 동아리 활동을 시작했다. 그림을 그리면서 재활원서 만난 선배들의 소개로 지역에서 그림을 그리고 있는 동료들을 만날 수 있었다. 그들도 나처럼 대부분 독학으로 그림 공부를 하며 오랜 시간 작업을 하고 있었다. 우리는 거의 매일 만나서 함께 그림을 그렸다. 그때까지만 해도 나는 작업을 한

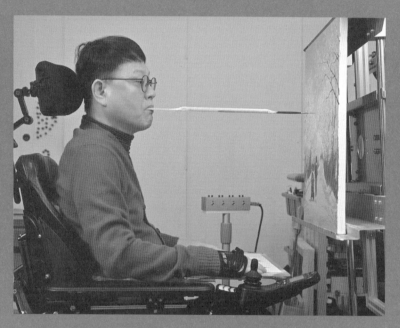

이제는 입안에 고정장치를 넣기도 하고 또 요령도 터득해서
붓을 물고 작업하는 것이 처음처럼 힘들지 않다.

몰두하다 보면 그림과 하나가 된다.

다기보다 그림을 배우러 모임에 나갔다.

'10년 동안은 누구에게도 그림을 보여 주지 않겠다!'

그림을 시작하며 결심한 대로 묵묵하게 아무에게도 보여 주지 않을 혼자만의 작업을 하고 있었던 거다.

그즈음 동료들의 그림을 감상하면서 전시의 필요를 생각했는데 어떻게 전시를 해야 하는지, 어떻게 할 수 있는지 정보도 없고 막막했다. 그러던 중 한 장애인단체 송년 모임에서 우리 작품을 전시하자는 제안이 있었다. 송년 모임을 하는 장소 입구에 작품을 이젤에 앉혀 줄맞춰 '늘어놓는' 방식도 구체적으로 제안했다. 나는 그러한 방식의 전시에 동의할 수 없었다. 전시는 작품이 주인이 되어야 했다. 작품은 그 자체로 주인공이 되어 관람객을 만나야 한다고 생각했다. 특별한 행사에 들러리 서거나 마치 장식처럼 서 있을 수는 없었다. 혼신의 힘으로, 그야말로 목숨 걸고 작업한 결과물을 잔칫상 장식으로 세울 수는 없었다.

장애인미술 창작과 전시 관련해서 막막했던 나는 그 일이 있은 후로 몇몇 동료와 함께 서울에 있는 장애인미술협회를 찾아가서 전시 관련한 정보를 얻기도 하고, 또 장애인미술 전시회를 다니며 배울 점과 부족한 것들을 메모해 가며 공부하기 시작했다. 그리고 흩어져 있는 장애작가들이 뭉쳐서 목소리를 내야 한다는 의견을 듣게 되면서 재능 있는 작가들이 작업을 하고, 발표를 할 수 있는 기회를 만들어 보자고 장애인예술 단체 회의에도 참석하고 장애인예술 현황과 발전을 위한 논의의 기회도 만들어 회의를 주최했다. 장애작가들의 작품 발표 기회가 어려운 현실 속에서 역량 강화와 전시 기회 확대를 위한 지원은 간절했고, 마땅히 필요했다.

장애인미술협회가 단지 장애작가들의 모임이 아니라 공식적인 단체로서 장애인 창작 역량 지원과 전시 기획 및 전시 기회를 만드는 등의 일에 역할을 한다면 장애인미술의 미래는 누구도 예측할 수 없을 만큼 무한한 발전을 보여 줄 수 있을 것이라 확신했다. 장애인미술협회를 만들자는 생각으로 대구를 비롯해 서울과 부산, 광주 등에서 진행되는 전시를 돌아보며 장애작가들의 예술적 역량을 확인할 수 있었고, 소재와 주제의 다양성이 큰 매력으로 다가왔다. 분야도 다양하고 작품 기법도 다양한 작품들을 보면서 이들의 창작 환경을 지원하고, 작품을 홍보하고, 신진작가를 발굴하는 등의 지속적인 사업의 필요도 느꼈다. 장애인미술의 발전을 위해서 분명한 목소리를 낼 수 있는 단체의 필요는 재고의 여지가 없었다.

동호회처럼 모여서 그림을 그려서는 장애작가로서 입지를 다지기 어려울 뿐더러 예술 창작을 통한 주체성을 확립하는 데에도 어려움을 맞게 될 거란 생각이 커지면서 대구지역장애인미술협회 만드는 일에 나서기로 했다. 젊었고, 군에서 브리핑 전문가로 활약한 경력이 용기를 만들었다. 그림을 시작하고서 바로 활동하게 된 동아리 모임에서 협회를 준비하기까지의 과정이 물 흐르듯 자연스럽고 빠르게 진행되는 바람에 나도 좀 얼떨떨했지만 나서서 이 일을 진행할 수 있는 적임자가 나라는 생각에 무작정 열심히 했던 것 같다. 어디서부터 어떻게 해야 하는지 전혀 아는 것이 없어서 정말 아기가 걸음 떼듯 하나하나 물어 가며 알아 갔고, 하나하나 확인하며 준비에 나섰다.

이제 막 붓을 물고 그림을 그리기 시작했는데 나는 다시 미래를 계획하고 있었다. 기왕에 그림으로 두 번째 인생을 살기로 했다면 나를 비롯해 생명처럼 작업을 하고 있는 동료 작가들에게도 길을 열어 주고 힘이 되어 주는 단체 설립은 미룰 수 없는 과제였다. 내 뜻은 아니었지만 이제 막 제대한 청년으로서 세상과 맞부딪칠 용기가 그래도 충만했던 터라 나설 수 있었던 것 같다.

예상할 수 있는 어려움이 무엇이 있을까 고민도 없었고 잘 될까 걱정도 없이 일단 부딪쳐 본 일은 언제나 수많은 어려움을 준비해 두었다가 차례로 꺼내 놓으며 힘들게 괴롭히지만 절대 꺾이지 않으리라 결심도 대단했다.

대구장애인미술협회 출범

...

 1999년, 처음 삼삼오오 모였던 회원들은 미술 공부에, 또 소통과 전시 기회에 목마름을 느끼는 작가들이었다. 만남을 통해 작업 관련한 배움을 주고받으며 모임을 이어 온 우리들은 대구시의원으로 대학에서 미술을 전공한 김대성 선생님을 모시고 그림 공부에 열심이었다. 늘 '놀러 온다'고 말씀하셨던 선생님은 작가들의 작업 과정을 살펴보시고 소재와 주제, 채색 기법 등을 개개인에 맞춰 상담하고 지도해 주셨다. 명암과 원근법 등 그림을 배우고 싶어도 배울 곳이 마땅치 않은 현실(대부분의 미술학원은 2층에 있고 계단만 있는 곳이 많아서 접근 자체가 어렵다)에서 김대성 선생님의 도움과 화가촌 화실의 정관호 선생님의 출강, 그리고 최근 함께하시는 권기철 작가님과의 만남은 고맙고 귀한 기회였다.

 우리는 함께 모여 그림을 배우고 그릴 수 있는 기회를 만들어

보고자 2003년 일명 '장미회'를 만들었다. 장애인미술협회의 줄임말로 정기적으로 만나서 그림 공부도 하고 전시를 준비하는 모임을 정식으로 만든 거다. 그리고 복잡한 행정 절차를 거쳐서 2005년 사단법인 '대구장애인미술협회'를 발족했다. 장애인미술 단체 법인으로는 전국에서 처음으로 만들어졌는데 이는 자부심이 아니라 솔직히 아쉬움이었다. 이전에도 온 힘을 다해 창작 활동을 하는 작가들이 많았는데 이들의 역량을 표출할 수 있는 구체적인 방법과 기회를 만들지 못하다가 이제서야 이들에게 작가로서의 정체성을 구성하고 자부심을 갖고 활동할 수 있는 터전을 만들었기 때문이었다.

법인을 만드는 과정에서 우여곡절도 많았다. 필요한 서류를 모두 준비해 대구시청에 찾아갔는데 복지 담당 부서와 문화예술 담당 부서에서는 서류를 받지 않고 서로 미뤘다. 문화예술 담당 부서에서는 장애인미술협회는 구성원이 장애인이니 복지부에서 담당해야 한다고 서류를 받아 주지 않더니 복지 담당 부서에서는 미술이라면 문화예술 담당 부서에서 진행한다고 안내했다. 100여 가지가 넘는 서류를 준비해서(담당자는 '이런 일을 개인이 하는 것을 본 적 없다.'고 했는데 이 말은 오히려 내게 힘을 불어넣었다) 이 부서 저 부서를 찾아다니고, 그때마다 서류를 옮겨 갔지만 접수조차 되지 않는 상황이 답답했고, 행정 편의주의적 절차에 화가 나기도 했다. 마지막에는 민원실에 서류를 접수하고 두

(사)대구장애인미술협회 초기 모임

부서에서 알아서 처리하라 버티고 있으니 결국 문화 담당 부서에서 처리해 법인 허가를 받을 수 있었다.

(사)대구장애인미술협회가 처음 출발할 때는 10명 정도의 회원이 모였었다. 그런데 지금은 회원이 100여 명에 이른다. 대구·경북지역에서 활동하는 작가들이 협회 사무실에 와서 그림을 배우고 일정 정도 수준이 되면 함께 전시도 하는데 교육 문의도 많고 매주 토요일마다 진행되는 기초, 심화 교육에도 열심히 참여하고 있다.

매년 10월 즈음 정기적으로 개최하는 전시도 사람들이 쉽게 접근할 수 있는 위치에 모든 필요한 시설을 갖춘 전시관에서 진행하고 있다. 작품은 작품을 빛낼 제대로 된 전시장에서 전시해야 비로소 제 모습을 보여 줄 수 있다. 협회 설립으로 비로소 장애작가들이 한데 모여 장애인미술 발전을 위해 하나의 목소리를 만들어 낼 수 있는 협의체가 구성되었고 스스로 거듭 발전할 수 있는 둥지가 마련된 셈이다.

(사)대구장애인미술협회가 만들어지고 대구시의 지속적 전시 지원을 통해서 매년 전시회 개최와 함께 지역을 비롯해 다른 지역의 문화예술 단체와 함께 기획 전시를 하는 등 다양한 전시와 협업 기회가 많아졌다. 협회는 이를 기반으로 장애작가들이 창작 활동을 통해 사회참여 기회를 확대하고 전문 작가로서 역량을 고취하는데 구체적인 도움을 주려고 노력하고 있다. 자신의 창작 역

량을 고취할 수 있는 프로그램을 제공하는 것은 물론이고, 정기적인 모임과 합평을 통해서 작품의 완성도를 제고하는 기회를 만들고 있다.

또, 장애작가 및 비장애작가들과의 다양하고 활발한 문화 교류를 실천하는데 주력했다. 정기적인 전시를 통해서 장애인예술을 널리 알리고, 새로운 예술로서 장애인예술을 소개하고 있으며 다양한 방식의 협업을 통해 예술의 확장성을 도모했다. 특별히 정기 전시에는 장애인단체에 국한한 홍보를 지양하고, 문화예술 관련 장애와 비장애 단체에 공문을 발송하고, 예술가들에게도 메일을 통해 전시를 홍보하고 전시 이후에는 후기를 통해 피드백을 제공하는 방식으로 정기 전시에 참여와 관심을 이끌어 내는데 주력했다.

현재 (사)대구장애인미술협회는 전시와 교육, 지역연대 문화사업과 창작 활동 지원사업 등 크게 4가지 사업을 중점으로 진행하고 있다. 그중 대표 사업은 창립 이래 지금까지 매년 개최한 대구장애인미술협회 정기전 '삶의 숨결을 그리는 사람들展'이다. 협회를 통해 장애인화가와 비장애인화가들이 함께하는 전시회는 2023년 10월에 제21회 전시회를 개최하였고, 2024년 11월에도 정기전을 개최할 예정이다. 코로나 시국에서도 단 한 해도 거르지 않고 진행된 전시는 해를 거듭할수록 작품의 완성도가 높아질 뿐만 아니라 소재와 주제도 다양해지고 있다. 장애와 비장애작가

대구장애인미술협회 정기전 오픈식

대구장애인미술협회 정기전 전시 취지 및 작품 설명

가 함께 전시하면서 서로에게 주는 예술적 영감도 크고, 작업 및 문화예술 관련하여 서로의 의견을 교환하고 정보도 교류하는 등의 소통이 활발했다.

2003년 이후 매년 개최되는 정기전 이외에 비장애인작가들과의 연합 전시와 한국장애인미술협회전, 지하철 순회전시 등 다양한 초대 기획 전시와 '그림으로 떠나는 여행-시민들에게 다가가는 열린공간전시' 등은 우리 협회가 자랑할 만한 전시 사업이다.

지하철 역사를 순회하면서 개최하는 지하철 전시회에서는 지하철을 이용하는 많은 사람들에게 문화예술 향유 기회를 선물했고, 미술관에 가지 않더라도 일상에서 잠시나마 마음의 정화와 쉼을 경험하는 기회를 만드는 일이 되었다. 매년 정기적으로 열리는 지하철 전시는 회를 거듭할수록 이전에 작품을 감상했던 분들도 만나고, 현장에서 작가에게 작품에 대해서 묻는 등의 아름다운 풍경도 만들었다.

삶의 터전이 되는 곳에서, 살아 내기 위해 바쁘게 움직이는 지하철 역사 안에서 만나는 예술의 기운이 오가는 시민들을 응원하고 위로하는 모습을 확인하면서 작가로서의 보람과 어떤 사명감 같은 것도 느꼈다. 지하철 전시는 협회의 필요와 역할을 거듭 확인하면서 창작 활동과 함께 협회에 대한 무한한 애정이 솟는 경험이었다. 또, 협회 회원들과의 정기적인 '야외 스케치 여행'은 장애인화가들에게 새로운 경험을 제공하고 창작 활동의 장을 마련해

지하철 전시

제주도 미술관 투어

줄 수 있었다. 긴 시간 시선을 주고, 또 거두며 발견한 것들을 스케치하는 경험은 작가의 감각을 다듬는 기회가 되었다.

　(사)대구장애인미술협회의 주력 사업 중 하나는 장애인미술 발전 방안을 모색하는 세미나 개최였다. 장애작가와 관련 기관 및 단체의 담당자와 지역 장애인미술 단체장을 초대하여 발표와 질의를 이어 간 세미나는 장애작가와 작품 현황을 파악하고 이들의 창작 환경을 이해하여 창작 활동 지원의 필요와 정당성을 촉구하는 등의 내용으로 구성되었다. 협회는 세미나를 통해서 장애인미술의 지평을 마련하고, 새롭고 다른 장애인미술 세계를 소개하는 동시에 전국의 장애작가들의 네트워크를 형성하는데 힘썼다. 대한민국 장애인미술의 현재를 고민하고 미래를 기획하는 일에 앞장서는 데 최선을 다해 역할한 것이다.

　더불어 중국과 일본 등과 공동 전시를 기획하고 교류하는 기회를 통해서 대한민국 장애인미술을 알리고 동아시아 장애인미술의 현황을 이해하는 동시에 동아시아 장애인미술의 독창적 성격을 구명하는 기회를 만들었다. 참여 작가들은 중국과 일본 작가들과 함께 전시하는 경험을 통해서 창작의 폭을 확장할 수 있는 기회를 만들 수 있었다면서 공동전시 기획에 대한 만족감을 표출했다.

　협회의 또 하나의 주요 사업은 작가들을 대상으로 하는 미술

세미나 주제 발표

베이징 한중 교류전

교육이다. 미술 공부를 하고 싶은 장애인이나 비장애인 모두 참여가 가능하며 프로그램에 참여하는 작가들의 준비와 노력이 뜨겁다. 매주 토요일에 기초교육과 심화교육이 진행되고 분기별로 야외 스케치와 문화체험 행사도 진행하는데 수업에 참여하는 작가들은 매주 거의 모두가 결석 없이 참가하고 있다. 그림 교육의 첫걸음은 대구의 장애작가들과 '그림소리' 화실을 열어 강사를 초빙해 교육하는 것이었다. 장애작가들의 실력 향상을 기대하고 진행한 수업은 공간 부족과 재정적 어려움도 겪었지만 이 또한 어려움 가운데서도 맥을 놓지 않았다.

창작공간이 협소하여 회원들이 오브제를 사용하는 것과 캔버스 100호 정도의 대작을 시도하는데 한계가 있었고, 또 장애작가 곁에서 일일이 물감을 짜 주고 섞어 주며, 때론 작품 속 주인공의 손발이 되어 주는 활동지원사들이 없다면 작업은 사실상 불가능하기 때문에 공간 문제는 정말 간절하게 해결하고 싶은 과제였다. 그런데 지금껏 그래 왔던 것처럼 어떻게든 지켜 가려고 노력하다 보니 마침내 2021년에는 (사)대구장애인미술협회 화실 겸 사무실을 마련할 수 있었다. 작가들이 편하게 사용할 수 있도록 화장실부터 휴게 공간까지 아무런 문제없이 리모델링하여 이전보다 좋은 환경에서 그림 공부를 하고 정기적인 모임을 갖고 있다.

작가들은 정기 모임이 있는 날 각자의 작업을 가지고 와서 다른 회원들과 합평하는 시간을 갖는데 우리는 이를 '도마 위에 올려 놓읍시다.'고 말한다. 미술 수업 이후 완성한 각자의 작품에

대구장애인미술협회 토요 주제 발표

작품 시연

대한 다른 회원들의 날카롭고 차가운 의견을 들으며 언짢아하지 않는 회원들의 모습은 그림에 대한 진심을 알게 한다(우리들은 '삐치지 않기'란 우스갯말로 합평의 열기를 식히고 있다). 회원들의 창작에 대한 열정과 겸손한 태도, 작품에 대한 뜨거운 애정을 확인하는 일은 언제나 감동이고 감사다.

특별히 2022년 11월에는 협회 소속 장애인미술작가 5명을 포함 총 8명의 대구지역 장애인미술작가들이 대구지역 장애인표준사업장 (주)커스프에 작화 직무로 취업을 하게 됐다. 입사를 축하하는 입사식과 문화예술 분야 장애인 고용증진을 위한 기관 간 업무협약을 체결하는 뜻깊은 자리도 마련되었다. 한국장애인고용공단 대구지역본부, 장애인 표준사업체인 (주)커스프, (사)대구장애인미술협회가 대구지역 내 장애인미술작가들에 대한 문화예술 분야의 일자리를 확대하고 고용 창출을 위한 지속적인 협력 체계 구축을 목적으로 업무협약을 한 것이다. 현재는 8명이지만 앞으로 더 많은 장애인작가들이 창작을 하면서도 생활할 수 있는 경제적 기반을 마련할 수 있다는 점에서 감사하고 환영할 일이었다.

협회의 마지막 주력 사업은 지역연대 문화사업으로 작가의 시연회와 초상화, 캐리커처 그려 주기 등과 작품 판매 등을 진행하는 등 지역과의 문화적 연대를 구축하는 일이다. 협회는 2012년

문턱을 넘어 작품의 주인공으로
대구장애인미술협회

매주 토요일, 다사읍 휴 갤러리에서는 특별한 미술 수업이 진행된다. 달성군 마을기업인
대구장애인미술협회가 진행하고 있는 교육 프로그램이다. 예술에 대한 열정으로 삼삼오오 모여
그림을 그린 지도 어느덧 20여 년. 전문 작가로 성장해 작품을 판매하고 다른 지역의 초청을 받아
전시회를 개최하는 등 다채로운 행보를 이어가고 있는 대구장애인미술협회를 소개한다.

누구나 배우고 그릴 기회
'장미회'의 희망이 움트다
대구장애인미술협회의 역사는 1999년으로 거슬러 올라
간다. 군 복무 시절 교통사고로 장애 1급 판정을 받은 송진
현 협회장은 삶을 다시 일으킬 희망의 불씨를 찾게 된다.
바로 미술이었다. 사고와 질병 등 환경적 요인에 의해 후천
적으로 장애를 가지게 된 중도 장애인의 경우 신체적 고통
은 물론 장애를 받아들이는 과정에서 정서적인 어려움을
경험한다. 장애로 인한 사회적 제약과 단절을 극복할 방안
으로 문화예술 활동이 꾸준히 주목받고 있는 가운데, 송진

현 협회장은 이러한 고민과 뜻을 함께 모을 수 있는 동아리
를 만들었다.
"장애인들이 그림을 배우고 싶어도 배울 곳이 마땅치 않
은 게 현실입니다. 대부분의 미술 학원은 2층에 있고 계단
만 있는 곳이 많아서 접근 자체가 어렵지요. 비슷한 상황
에 있는 이들이 함께 모여 그림을 배우고 그릴 수 있는 기
회를 만들어보고자 장애인 미술 동아리를 꾸리게 되었어
요." '장미회'라는 이름으로 출범한 대구장애인미술협회
는 2006년 대구시 법인으로 전환하면서 전문성과 체계적
인 시스템을 갖추게 됐다.

대구장애인미술협회 활동 소개

에 대구 달성군 마을기업으로 선정되면서 지역민들과의 소통을 강화해 가고 있다. 달성군에는 협회의 '갤러리 휴'도 있어서 작품 대여 및 판매를 하고 있다. 언제든 지역의 장애작가 작품을 감상하는 뿐만 아니라 작품을 구입하거나 대여하는 등으로 생활 속 예술을 향유할 수 있다. 작가들 또한 갤러리 휴에서 만남을 이어가고, 소소한 모임을 진행하며 방문하는 이들에게 작품을 소개하고 있다.

더불어 매년 4월에는 대구 장애청소년 사생대회 심사위원으로 미래 세대와도 소통하고 있다. 지역 주민들과 호흡하며 일상의 문화예술 향유를 도모하고 장애인예술을 이끌 미래 장애작가를 발굴하고 응원하는 등의 일은 우리 협회가 애정을 가지고 지속하고 있는 사업이다. 그리고 마땅히 책임감을 가지고 해 나가야 할 일이라고 믿고 있다.

처음에 협회를 만들기 위해 이리저리 뛰어다닐 때부터 함께했던 회원들은 영원한 동지이고 동반자들이다. 협회는 현재 회원이 100여 명 남짓한 큰 규모이지만 처음 동아리 모임으로 시작해서 협회 신청을 할 때만 하더라도 10여 명이 모이는 작은 단체였다. 그렇지만 내일을 위해서 함께 걸어갈 것을 다짐하며 서로를 응원했고, 서로가 서로를 의지하며 무사하고 온전하게 장애작가로 살아 냈다.

2023 『사랑의 열매』 4월호

누구 시리즈 34

문성국 작가는 대구의 근대 골목길을 주요 소재로 작품 활동을 한다. 골목길 시리즈로 10여 년 만에 개인전도 진행한 작가는 현재도 다양한 기획 전시에 참여하고 있다. 작가는 30대 초반에 직장에서 사고로 장애가 발생했는데 그때 이미 결혼하여 아내는 임신 중이었다. 그 부부의 사랑은 정말 놀랍기만 한데 아내가 출산과 함께 남편의 병간호도 같이했단다. 아내가 겪었을 어려움은 감히 이해할 수 없을 만큼 크고, 부부가 함께한 시간은 무엇에 견줄 수 없을 만큼 빛나고 아름답다. 문성국 작가는 창립 준비부터 함께하며 지금까지 좋은 동료 작가로 서로를 응원하고 있다.

비장애인작가이면서 봉사자인 권계숙, 정서정 선생님들은 각각 비구상과 도자기를 작업하는 동료 작가이자 협회에 도움을 주며 살림살이를 맡아 하고 있다. 두 분 작가님이 오랜 시간 협회 회원들을 세심히 살피시는 것은 상대를 배려하고 보듬는 마음이 있기 때문일 거다.

우영충 작가는 나무와 바위, 새 등을 화려한 색감으로 표현하는 작가이다. 2017년에 국제장애인미술대전에서 대상을 수상하고, 2019년에는 나와 문성국 작가와 함께 '2019 PARAART TOKYO전' '일·한·중 3개국 장애인서화작가초청 국제교류전'에도 참가했다. 작가는 30여 년을 혼자서 작업을 했다.
아들이 협회 화실로 아버지와 함께 찾아와 아버지 그림을 소개하고 싶다고 온 것이 인연이 되어 지금까지 함께하고 있다. 아들이 가져온 아버지 우영충 작가의 완성도 높은 그림을 보고 우리가 모두 깜짝 놀랐던 기억은 아직도 생생하다. 작가는 전시나 공모전 지원 등 자신의 작업을 세상에 알리고 함께 감상하는 방법을 전혀 알지 못한 채 혼자서 그리고, 혼자서만 감상해 왔던 거다.

작가의 합류를 통해서 한 번 더 협회의 필요와 할 일에 대해서 깊이 생각하고 고민했던 기억이 선명하다. 작가는 지금 동료 작가들의 손과 발이 되어 주며 함께 작업하고 있다.

김리나 작가는 계명문화대 공예디자인과 재학 중에 교통사고로 장애인이 되었고, 그 충격과 슬픔으로 한참을 창작 활동에서 멀어졌다가 동아리에 함께하면서 다시 그림을 그리게 되었다. 창작의 열정을 회복하여 꾸준하게 활동하는 작가는 다양한 기획 전시에 참여하고 개인전도 여러 차례 진행하며 현재는 계명대학교 미술대학원에서 공부하고 있다.

그밖에도 초현실주의 작가 이교광, 발달장애 양희성, 김수광, 정지원, 박찬흠 작가는 그들이 가진 개성이 다른 작가들에게 예술적 영감을 불어넣기도 하면서 다른 동료 작가들과 즐겁게 작업하고 있다. 저마다 개성 넘치는 화법과 다양한 채색으로 이미 널리 알려진 작가들은 특별하고 독특한 주제와 색채감으로 다음 작품을 기대하게 한다.

협회 초창기부터 함께한 동료 작가들의 왕성하고도 지속적인 작업을 응원하며 나 또한 동료 작가로서 장애인미술 발전을 위해 최선을 다해 내 몫을 다하고 싶다.

이렇게 협회의 탄생을 더듬다 보니 초기 맞닥트린 어려움이 떠오르며 울컥한 마음도 생기고 그때 함께했던 동료들 얼굴도 하나 둘 떠오른다. 모쪼록 대구장애인미술협회 회원들의 무궁한 발전과 건강을 기원한다. 그리고 작가로서의 성취감으로 나날이 행복하기를 소망한다.

우연하게 인연이 되어 함께 협회 일을 했지만 이제는 가족과 다름없는 김동주, 인터넷카페 회원으로 멀리 창원에서 찾아와 손발이 되어 주었던 김영곤 씨 그 외, 많은 봉사자들이 20년이 넘는 시간 동안 늘 함께하며 마음으로 교감하고 있다. 이분들에게 지면을 빌려 다시 한 번 깊이 감사의 말씀을 전한다.

세계구족화가협회 회원이 되어

...

　나는 그림을 시작하고 10년 동안 사람들에게 그림을 보이지 않
겠다고 결심했더랬다. 10년은 되어야, 10년은 연습하고 연습해야
사람들에게 내놓을 만한 작품이 될 거라고 생각했다. 그런데 동
아리 회원들을 만나 함께 그림 그리고 교류하면서 '이디 출품해
노 되겠다!'는 의견을 듣게 되었다. 설렜다. 10년을 수련하겠다
는 결심에 '정말 그래도 될까?'란 생각이 스며들면서 결심은 흔들
렸다. 게다가 그즈음에 그림을 가르쳐 주신 김대성 선생님과 화
가촌화실 촌장 정관호 교수님의 추천이 그간의 결심을 지켜 내지
못하게 했다. 나는 그림을 시작한 지 5년 만인 2004년에 대한민
국미술대상전에 작품을 출품했고 덜컥 입선을 했다.
　준비 안 된 작가라고 생각했는데 수상을 하게 되니 자신감이
생겼다. 이후 기획 전시에 초대되어 작품 전시도 했는데 전시를 거
듭할수록 작가라는 자부심과 더 잘하고 싶다는 생각이 가슴에
가득 차서 매일 설레고, 매일 좌절했다. 그즈음 작가노트는 이때

내 마음이 그대로 담겨 있다.

> 하얀 캔버스를 마주하면
> 먼 여행을 떠나는 문 앞에 선 듯하다.
> 설레이는 기대감 낯선 여행지로의 두려움
> 비좁고 어두운 터널에서 세상 속으로의 외출
>
> -2005년 5월 푸르른 날

> 붓을 입에 문다는 것은
> 음율에 취한 듯
> 무아의 몽롱한 유희로 데려가기도 하지만
> 가끔은 칼날을 문 듯한
> 비장함과 결연함이 분노처럼 일어난다.
>
> -2006년 7월 뜨거운 여름날

공모전에서 수상하고 여러 전시에도 참가하면서 세계구족화가 협회(Association of Mouth and Foot Painting Artists of the World/AMFPA) 회원이 되겠다는 목표가 생겼다. 세계구족화가 협회는 선천적 혹은 후천적인 질병 또는 사고로 인해 손을 사용할 수 없는 사람들이 입이나 발을 사용하여 그림을 그리는 세계적인 장애화가의 모임이다. 협회는 긴 시간 장애작가들의 화합과 서로에 대한 지지 덕분에 오늘날과 같은 모습으로 발전할 수 있었다.

귀로(116.8x91.0) oil on canvas 2005

기억 저편(116,8x91,0) oil on canvas 2008

세계구족화가협회는 유년기 시절 소아마비로 팔을 사용하지 못했던 독일인 구필화가 에릭 스테그만(A. E. Stegmann)에 의해 1956년에 창설되어 현재 80개국 600여 명의 화가들이 활동하고 있다. 협회 회원인 작가들은 협회로부터 생활비와 창작 활동비를 지원받으며 창작에 몰입할 수 있으며, 협회는 작가들로부터 1년에 8~12점 작품을 받아 이를 카드와 캘린더로 제작해 판매한다. 여기서 얻은 수익금이 협회 회원들의 활동비로 지급되기에 협회는 회원 작가들에게 협회는 회사이고 작가들은 직원이라고 말한다. 작가들은 작품 활동으로 지원받는 것이니 자부심으로 더욱 창작에 몰입할 수 있게 되는 시스템인 셈이다.

세계구족화가협회 회원이 되면 매월 생활과 창작에 필요한 일정 금액을 지원받는 뿐만 아니라 4년에 한 번씩 세계구족화가 전시에 초대되어 작품 활동에도 큰 도움을 받을 수 있다. 시야를 넓히는 일은 창작에도 크게 도움이 되기 때문이다.

니는 세계구족화가 한국지부를 두드렸다. 그리고 검증 시험에 필요한 정보를 얻어 곧장 준비에 들어갔다. 그런데 미처 생각하지 못한 어려움이 생겼다. 치러야 하는 시험 과정에 문제가 생긴 것이다.

우선 세계구족화가 회원이 되기 위해서는 그동안의 수상 경력과 활동 경력 등을 세계지부에 보내서 '심사 진행해도 좋다'는 승인을 받아야 한다. 이후 한국지부에 가서 아무것도 없는 공간에 CCTV를 설치하고 4시간 동안에 한 작품을 완성하는 전체 과정을 녹화한다. 시간이 종료되면 즉시 완성한 작품과 촬영한 영상을 본부에 보내게 되고, 심사를 통과하면 회원으로 인정된다. 그런데 나는 유화로 작업하기 때문에 4시간 안에 작업을 끝내는 것은 사실 어려웠다. 고민 끝에 수채화로 작업하기로 결정하고 이후 오랜 시간 또 연습에 연습을 거듭했다.

　오랜 시간 훈련을 통해 일정 정도 수준의 실력을 보여야 하는 것은 물론이고 자신만의 개성 있는 채색 기법 등을 가지고 있어야 작가로서의 인정이 가능하다. 도전하는 많은 작가들이 오랜 시간 연습 때문에 보통 입이 다 헐고 이가 손상되는 것은 물론 목 디스크에 걸리는 일도 많아서 중도에 포기하는 작가들도 적지 않다. 나는 도전을 결심하고서부터는 그야말로 죽기살기로 매달렸던 것 같다. 이미 입이 헐고 피가 났던 일은 익숙하고 휠체어에 오래 앉아서 생긴 욕창으로 몇 주 동안이나 작업을 다시 할 수 없었던 일도 새삼스럽지 않아서 두려울 건 없었다. 나는 정말 혼신의 힘을 다해 준비했고, 시험은 덤덤하고 담대하게 치렀던 것 같다.

　드디어, 너무나 큰 행운이 함께해 주어서 2008년에 그 까다롭다는 세계구족화가 검증시험을 통과했고, 2011년에는 세계구족화가협회 준회원이 되었다. 현재 우리나라에는 18명이 세계구족화가협회 회원으로 가입되어 있는데 대구·경북지역에서는 아직 나만 회원으로 활동하고 있다. 가까운 미래에 곧 또 다른 회원이 탄생할 거라고 믿는다.

첫 전시-Song Jin Hyun

...

세계구족화가협회 회원이 된 후 생활에 많은 변화가 생겼다. 무엇보다 가족에게 많은 부분 의존했던 삶에서 자립하는 삶이 되었다. 그리고 그림에만 몰두할 수 있어서 가장 좋았다. 16시간 이상을 침대에 누워 있고 활동지원사나 부모님의 도움으로 8시간 가량 휠체어에 앉아 있을 수 있는데, 그 시간의 절반 이상은 반드시 작업을 했다. 밥을 먹는 시간도 좀 아깝다고 생각해서 입에 붓을 물고 직업을 시작하면 누가 말해 주기 전까지 멈추지 않았다. 몰입해서 작품을 완성한 덕분인지 작품이 좋아졌다는 평가도 많았다. 그만큼 기회도 많아졌다. 개인전도 열 수 있었고, 2013년에는 오스트리아 빈에서 열린 세계구족화가협회 국제전에도 참가했다.

세계구족화가협회 회원으로서 누리는 혜택은 감사였고, 자부심이었다. 화가로서 나의 정체성을 분명하게 다시 각인하는 계기가되었고 앞으로의 창작 활동에 대한 어떤 책임감과 사명감도 느끼

세계구족화가협회 정기전

한국구족화가협회 정기전

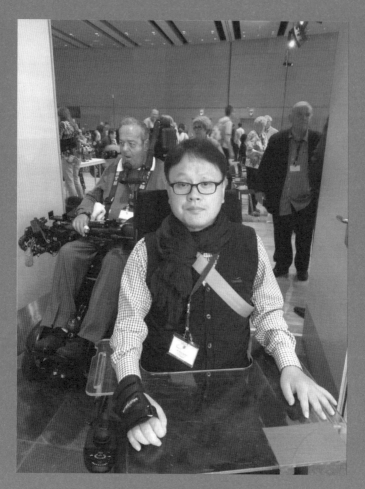

오스트리아 세계구족화가협회 총회에서

게 됐다. 2013년 오스트리아, 2017년 스페인에서 개최된 세계구족화가협회 총회에 참가할 때 협회에서는 비즈니스석 항공권을 제공하고, 공항에 도착했을 때 리프트가 장착된 버스를 대기시켰다. 호텔과 전시장을 오가는 모든 교통편을 세심하게 살펴 주었고, 식비와 여행 경비 등 전체 일정의 일체 비용을 책임졌다. 나는 함께 간 어머니에게 멋지고 장한 아들이 되는 기쁨까지 누리면서 앞으로의 창작에 막중한 책임감을 기분 좋게 안았다.

세계에서 온 작가들은 저마다 완성도 높은 작품을 선보였고 대륙별, 지역별로 독특한 화풍을 보여 주었다. 푸른 초원과 푸른 바다를 그리는 방식도 제각각이었고, 멸절하는 파도의 모습도 작가의 인식에 따라 각기 다르게 표현되었다. 작가는 대상에 대한 자신만의 관점과 해석을 가지고 있다는 것을 새삼 깨우치며 좋은 작품을 창작하겠다는 의지를 다졌다. 2021년에는 코로나 때문에 전시가 열리지 못했지만 여건이 되는 한 다음에 열리는 국제전에도 꼭 참석할 계획이다. 모든 연결이 끊겼던 시간 동안 다른 회원들은 어떤 작업을 하고 있었는지, 특별한 시기를 어떻게 이해하고 있었는지 벌써부터 궁금하다.

세계구족화가협회 회원이 되고서 국내외 공모전에서 수상하는 일이 많아졌다. 아무래도 경제적으로 안정되고 (사)대구장애인미술협회를 만드는 일을 맺고 나니 마음으로도 편안해진 것 같았다. 작품에 즐겁게 몰입할 수 있었고, 매일 작업 시간을 확보할 수 있으니 좋았다. 그 결과 2010년 문화체육관광부 희망축제 장애인미술가상 최우수상, 2012년 장애인문화예술축제 '온몸으로 전하는 회화서예전' 대상을 비롯해 각종 공모전에서 20여 회 수상하는 쾌거를 올렸다.

그림을 시작하고 예상했던 시간보다 훨씬 빨리 목표를 이뤄 가는 속도에 나도 좀 놀랐다. 그러나 아무것도 없는 것에서 아무것도 모르면서 부딪쳐 협회를 만들고, 이러저러한 행사를 진행하면서 그만큼 자신감도 많이 축적되었다. 그래서 활동하고 있는 장애작가들과 이러저러한 일에서 그동안 몸으로 부딪쳐 얻은 정보를 공유하고, 구체적 방법을 함께 고민하는 시간도 잦아졌다. 그러다 보니 이어지는 수상 소식은 좋은 작품에 대한 마땅한 평가라는 생각보다 그만큼 필요한 곳에 쓰일 나의 역할을 응원하는 정도로 받아들여졌다. 그저 감사한 마음으로 평정심을 유지하려고 애썼다.

정신없이 몰아친 도전과 수상의 영광 속에서도 조심히 바라고 준비했던 것은 나의 첫 개인전시였다. 나는 공모전 수상작과 그동안 작업했던 작품을 모아서 드디어 2011년, 고대하던 나의 첫 개인전을 개최했다. 첫 전시 주제는 '세상 속으로'였다. 주제를 선정하는 데에 큰 고민은 없었다. 1996년 사고 이후 비교적 빨리 그림 그리기를 결정하고 1999년 동아리 모임을 결성하고, 2005년 (사)대구장애인미술협회를 만들기까지 나는 이전의 모습과 완

살아가려면(91.0×116.8cm) oil on canvas 2011

투계_산다는 것은(72.7×50.0cm) oil on canvas 2016

전히 다른 모습으로 세상에 말을 걸고 고함을 질러 댔던 것 같다. 속삭임이든 고함이든 나로서는 장애작가로 다시 살기 위한 울음 섞인 목소리를 냈고, 힘껏 몸부림쳤다. 때문에 첫 전시의 주제는 자연스러웠고 어찌 보면 당연했다.

전시한 작품은 낙동강의 풍광과 일상을 살아 내는 사람들의 모습, 주변에 활짝 펴 자신을 보아 달라 말하는 꽃까지 다양했다. 작품을 관통하는 하나의 주제는 모두 저마다 목소리를 내고 있다는 거였다. 마치 나처럼 말이다.

꽃은 한껏 밝고 붉게 달아오른 얼굴을 활짝 펴 내밀고, 낙동강변의 조용한 초록의 숨은 가만히 곁에서 잠시만 쉬어 가라 말 걸고 있었다. 계곡의 끝자락을 흐르는 물소리는 사랑한다 속삭이고 있었으며 이 모두를 지켜보는 옹이 진 나무는 상처뿐인 몸피로 '살아가려면' 아프지만 견뎌 보자고 품을 내밀었다.

그렇다, 우리네 삶이라는 것이 어찌 매일 웃음이고 기쁨이겠는가. 서러워도 살아 내느라 지치고 힘들 때 곁을 내어 주는 것들에 감사하며 그저 또 한 걸음 딛고 서는 것일 뿐이다.

글을 쓰며 다시 마주한 작품들이 지그시 날 보고 고개를 끄덕이고 있는 듯하다.

그림은 언어다-Gloomy Day

...

　꽃과 나무, 바람과 물, 숲을 바라보는 나의 시선이 비로 옮겨진 것은 2014년 세월호 사건이 큰 계기였다.

　2014년 4월, 대한민국 사람들은 모두 푸른 생명이 잠든 바다의 비통한 울음소리에 통곡했다. 수학여행 떠나는 아이들이 침몰하는 배 안에서 느꼈을 두려움을 상상하노라면 그들의 울음에 귀기울이지 못한, 그들의 외침을 제대로 듣지 못한 어른의 한 사람으로 지금도 많이 부끄럽다. 우리는 왜 그들을 구하지 못했는가, 시퍼런 바닷물이 그들을 삼켜 해저, 다른 세계로 데려가는 것을 보고도 우리는 그저 맥없이 발만 동동 구르며 울었다.

　나는 당시 아이들의 외침이, 두려움에 떨던 울음이 밤새 귓가에서 떠나지 않았다. 아무것도 할 수 없었던 그들의 상황이 곧 육체로부터 자유로움을 상실한 나의 모습과 겹쳐서 더 깊고 빠르게 그들에게 동일시되었다.

그들의 목소리(80.3×116.8cm) oil on canvas 2014

세월의 문(80.3x116.8cm) oil on canvas 2014

그들을 보내고, 좀처럼 진정되지 않는 마음으로 작업한 그림은 이후로도 보이지 않는 것을, 가만히, 자세히 듣고 보아야 들리고 보이는 것에 집중하도록 이끌었다. 그러다 보니 형체가 분명하지 않은 대상의 목소리와 이야기가 궁금해졌고, 그들이, 그것들이 걸어오는 속삭임에 귀를 기울이게 되었다.

비 오는 날 빗소리에, 빗속에 펼쳐지는 사람들의 이야기는 바라보는 눈에 의해 해석되고 결국은 나, 비와 빗속 풍경을 바라보는 이의 언어가 된다. 때문에 비와 빗소리와 빗속 풍경은 수많은 언어와 이야기를 담지하고 있게 된다.

비가 내리는 풍경을 바라보는 이는, 듣는 이는, 보는 이는 비에 담긴 갖가지 이야기를 자신의 언어로 표현할 수 있다. 그것은 잠깐의 센티함이거나 멜랑콜리일 수 있다. 휘발되는 연민과 동정 따위의 공감의 유사감정이거나 삶의 근본적 회의에 뿌리박힌 감정일 수도 있다. 비는 이 모두를 휘감고 내린다. 그리고 우리 일상 곳곳에 부딪치고, 흐르고, 떨어진다.

나는 차창에 흘러내리는 빗물을 무연하게 바라보다가 곧장 유리창 밖 풍경의 이지러짐에 마음을 빼앗겼다. 그리고 곧장 기억을 더듬고, 사진으로 남은 풍경을 되짚어 가며 작업을 시작한다. 밑그림을 그리고 채색을 하는 동안에도 나는 비 오는 날의 감정과 짧고 깊었던 사색을 불러낸다.

비 오는 날(116.8×91.0cm) oil on canvas 2016

비 오는 날(90.9×65.1cm) oil on canvas 2019

나를 만나는 시간(80.3×116.8cm) oil on canvas 2023

감정을 환기하기 위해서 비 오는 날 조카가 운전하는 차를 타고 거리로 나설 때도 있는데 한참을 정차해 둔 차 안에 앉아서 고요 가운데 빗소리를 듣고 창 밖 풍경을 좇는다.

즈려 밟혀 이지러진 자동차 불빛은 빗물과 함께 다시 비틀거리며 일어서고 있다. 취한 듯 걸어가는 사람들은 제각각 꿈을 잃고 희망을 잃은 양 제 걸음을 찾지 못하고 있다. 눈물인지 빗물인지 알 수 없는 빗속을 걸으며 멈췄다 걷기를 계속하고 있다. 지금을 바로 볼 수 없는 빗물 속에서 찾아낸 나의 모습은 무엇이었을까? 지독히도 계속 묻는 빗소리와 빗물을 바라보며 나의 가장 마지막을 생각하기도 하고, 흘려버리거나 잃어버린 한 시절을 떠올리기도 한다. 하지 못했던 말을 기억하게 하고, 볼 수 없었던, 미처 보지 못했던 어떤 이의 마음을 떠올리게도 한다.

비 오는 날, 내리는 빗물을 바라보며 떠오르고 빠지는 수많은 감정과 기억과 정서와 추억들은 원래의 모호한 모습 그대로 다시 사라졌다 나타나기를 계속하고 있다. 그리고 번번이 질문하기를 멈추지 않고 회한의 마음을 두드린다.

너의 말은 무슨 의미였냐,
너의 마음은 무엇이었냐,
너의 진심은 무엇이었냐,
너의 말은, 너의 언어는 왜 그리 어렵기만 했냐?

비 오는 날(39.0×70.0cm) oil on canvas 2023

비가 만들어 내는 수많은 질문은 '2021년 대구예술발전소 기획 전시 Ⅲ 포용적 예술 this-albe 전시'에서 했던 작품 시연에서도 재현되었다. 박규석 작가와 함께 협업한 작업은 매우 흥미로웠는데 공간을 자유롭게 누리며 사용할 수 있다는 점과 관객과 함께 전시에 습합될 수 있었다는 점이 매력적이었다.

　　박규석 작가와 나는 르네 마그리트작 〈Rain Man〉에서 착안하여 팀 이름을 정하고, 이를 자연스럽게 작품 주제로 연결할 수 있었다. 비가 온 풍경을 밑칠과 덧칠을 반복하며 하나의 작품에서 또 따로 분절되도록 조율하고 그 각각이 온전한 개성을 드러내도록 조각 페인팅을 시도했다.

장애예술인의 목소리에 힘을 보태며

...

　대구장애인미술협회가 만들어지면서 방송이나 매체에서 요청하는 인터뷰가 많아졌다. 세계구족화가협회 회원이 되고서는 좀 더 그랬던 것 같다.

　전국에서 최초로 사단법인을 만들고 대구·경북지역에서 유일한 세계구족화가협회 회원이라는 이유로 인터뷰와 취재 요청이 더 많아졌다는 것을 모르지 않았지만 기쁘면서도 좀 서운한 마음이 늘어서 개운하지 않았다. 그동안 동아리 활동부터 단체를 만들기까지 장애인예술을 이해시키고 장애작가, 장애인화가라는 우리의 정체성을 '굳이' 설명했던 일들이 줄줄이 떠올랐기 때문이다.

　대구지역 장애인예술 활성화를 위해서 애쓰고 노력했던 일이 환기되며 그때 관심을 보이지 않았던 지자체와 매체에 대한 서운함이 한꺼번에 몰려왔다. 그럼에도 불구하고 각종 매체에서 나를 통해 장애인예술에 관심을 갖는 것은 반가운 일이었다. 나는 대한민국 장애예술인을 대표한다는 마음으로 인터뷰와 취재에 응했다. 아직도 장애인예술을 장애 극복 서사로 읽어 내려는 오해와 갖가지 시도를 거두게 하리라 마음먹고 취재와 인터뷰를 진행했던 것 같다. 그리고 이것이 잠깐의 관심이 아니기를 바라면서 최대한 정중하고, 진지하고, 친절하게 말하고, 또 잘 웃기도 했다.

 2020년 9월 4일, 대구 'KBS 아침마당' 프로그램에 출연해서는 그림을 시작하게 된 계기를 말하고 작업 과정을 구체적으로 말했던 것 같다. 프로그램 제작진이 준비한 질문 내용을 촬영 전에 이미 알고 있었기 때문에 나름 전체 질문에 대해서 답변을 준비하고, 흐름과 시간도 대략 생각했었다. 이전에도 취재와 인터뷰가 적지 않았던 터라 특별히 긴장하지는 않았는데, 짐작한 대로 전신마비장애가 있는 나에 대한 관심이 작품에 대한 관심보다 커질 것 같으면 의도적으로 작품 이야기를 더 하거나 붓을 처음 물고 작업을 시작했을 때의 어려움에 대해서는 스스로도 느껴질 만큼 가볍게 답했던 것 같다. 인상적이었던 것은 진심으로 구필화가에 대해 궁금해하는 모습이었는데 움직일 수 없는 사람이 입에 붓을 물고 그림을 그렸다는 사실보다 '어떻게' 그림을 그리고, 색채와 질감은 '어떻게' 표현하는지를 궁금해하는 아나운서와 패널들의 모습이 진심이어서 반가웠다.
 나는 비장애작가들처럼 섬세하게 표현할 수 없는데 열심히 노력하고 있음을 말하지 않았다. 입에 붓을 물고 채색을 할 때 색을 덧입히고 질감을 표현하기 위해서 손과 다른 입으로 하는 채색 방식의 '다름'에 집중하면 작품 이해와 독창성을 찾을 수 있다고 말했다. 내 작품 중 절멸하는 파도를 표현하기 위해서 물거품을 채색하는데 그 부피감을 표현하기 위해 다른 소재의 물감을 사용했던 것을 이야기하며 다른 방식과 소재의 채색이 만드는 다른 매력을 소개했다.

대한민국 장애인예술은 근래 제 모습을 기지개 켜듯 한껏 보여 주고 있다. 서울에 장애인문화예술원 이음센터가 생기고 모두의 예술극장도 개관했다. 관련한 인적 네트워크도 활발한 것 같아 반갑다. 대구에서 활동하고 있으면서 소외감을 느낀다거나 서울에서 개최되는 예술 행사가 부럽거나 참여하지 못하는 아쉬움도 없다. 이는 장애인예술이 건강하게 제 몸을 키우고 있기 때문일 것이다. 나는 장애인예술이 현재의 건강한 모습을 지켜 가며 더욱 무럭무럭 커 가길 기대하고 희망한다. 그래서 우리 장애작가들의 바람대로 장애인예술이 예술의 한 장르가 되고, 이미 익숙한 예술로부터 새로운 지경을 만들어 내는 놀라운 능력을 보여 주길 기대한다.

이를 위해서 해결해야 하는 산적한 과제가 있다는 것도 잘 알고 있다. 이를 어떻게 풀어 가야 할지는 모두의 이해와 의견이 모아져야 할 것이다. 그럼에도 먼저 창작을 시작한 선배 작가로서 당부의 말을 하고 싶다. 오랜 시간 계속되고 있는 장애인예술의

MBC뉴스에 보도된 전시 소개

2021 대구예술발전소 아트톡

장애인미술 활성화를 위한 세미나

목소리에 힘을 보태고 싶기 때문이다.

　우선 우리 장애작가들에게 예술혼을 기대하고 싶다.
　우리의 작업은 흉내가 아니다. 비장애인들이 오해하고 있는 '장
애가 있는데도'의 생각은 그들에게만 수정을 요구할 수 없다. 장
애작가 또한 예술가로서 자신의 정체성을 인식하고 부단한 노력
을 계속해야 한다. 적당히 그리며 적당히 감상해 줄 것을, 그리하
여 장애인이 경계하는 비장애인들의 장애에 대한 동정심을 자극
해서는 안 된다. '적당히 해서' 적당히 이름 얻고, 그 잠깐의 명성에
기대 적당한 가격에 작품을 팔며 인정받으려는 모습은 부끄럽다.
　나는 예술을 대하는 태도와 창작하는 자세의 다름을 내 자신
에게도 끊임없이 상기시키고 있고 후배들에게도 당부한다.
　장애작가들의 작품은 이 '자세의 다름'에서 가치를 획득할 수
있다. 힘있게 표현되었던 익숙한 채색과 구도는 장애작가의 신체
적 특성이 드러나는, '애써 표현되는 다름'으로 인해 진귀한 가치
를 얻는다고 믿는다.

　예술가로서의 자부심과 단단한 자존감은 외부로부터 주어지는
것이 아니기에 장애작가의 창작 환경에는 충분한 지원이 필요하
다. 거듭 논할 필요 없이 장애작가를 위한 예술 교육과 장애 특
성을 이해한 창작 환경 조성, 전시 기회와 작품 홍보 등은 정부
와 지자체가 나서서 지원해 줄 부분이다.

공적 기관의 변화와 지원이 곧 일반 기업이나 단체의 변화를 끌어낼 수 있기 때문이다.

미술동아리 활동을 하면서, 또 장애인미술협회를 운영하면서 겪은 가장 큰 문제는 창작공간의 문제였다.

휠체어를 타는 작가들의 이동이 어려운 것은 물론이고, 장소와 공간이 만들어 내는 수많은 걸림돌은 창작에 집중하는데 시간과 에너지를 크게 방해했다. 당장 계단을 오르내리는 어려움이 있었고, 화장실 사용도 그랬다. 좁은 공간에서는 100호 정도의 작품 창작은 아예 기대할 수 없었다. 지역마다 작가 대상의 레지던시 사업이 있지만 여기서 장애작가는 대부분 제외된다. 작업과 전시를 위해 접근성 좋은 공공기관의 공간을 대관하는 것도 하늘에 별따기다. 작품 전시와 판매의 어려움은 아직 해결하기에도 버거운 과제로 남아 있다.

또, 장애작가를 도울 수 있는 '예술전문활동지원사'의 역할이 절실하다.

나와 같은 전신마비 휠체어 장애인은 창작하는 내내 함께 고민하고 사진을 찍어 주거나 구상을 시연할 수 있게 원하는 장소로 이동하고, 재료 구입 및 작업 중 처치하거나 배치하는 등 손발 역할을 해 줄 예술전문활동지원사가 필요하다.

많은 작가들이 창작에 대한 기본 이해가 있는 예술전문활동지원사로부터 도움받을 수 있다면 창작의 수월성을 확보하는 동시에 창작 방식의 변화나 새로운 소재 선택 등에 훨씬 더 적극적일 수 있다. 자유롭게 새로운 것에 도전할 수 있다. 무궁무진한 상상의 나래를 마음껏 펼쳐갈 수 있는 것이다.

경험에서 느낀 문제는 한꺼번에 해결하기 어렵기도 하고 또 그 바람이 해결하기 어려운 박제된 희망일 수도 있을 것이다.

그러나 이제 장애인예술의 토양이 마련되고 훌륭한 후배 작가님들이 출현하는 동시에, 곳곳에서 담금질하고 있는 숨은 실력자들을 찾아내는 반갑고 다양한 노력이 한창인 이때 이 모든 에너지가 거듭 하나로 모아지기를 기대한다.

나는 정식으로 그림을 배우지 못했다. 미술학도도 아니었고, 그림을 사랑하고, 그리는 것을 더 사랑했지만 이를 꿈으로 갖지 않았다. 어쩌면 1996년의 사고가 아니었다면 나는 그림을 좋아하는 평범한 군인으로 살고 있을지도 모른다. 그리고 취미 생활 정도로 무언가를 그리고, 그것을 자주 보는 책에 꽂아 두고는 혼자서 꺼내 보며 만족하는 일상을 살고 있었을지 모른다.

그러나 나는 지금 작가로 호명되며 재미있고 다양한 기획전에 참여하고 있다. 무려 18년 동안(제발 누군가가 나타나서 해방되기를 기대하고 있다) (사)대구장애미술인협회장으로 일하며 미술 관련 행사에 참석해 행사 성격에 맞는 인사하기 바쁘고, 미래 세대 장애작가를 발굴하고 응원하는 일에도 열심이다. 실력 있는 작가를 만나기 좋아하고, 함께 전시하기를 열렬히 기대하며 적극 실천하고 있다. 또 바깥바람 쐬기도 너무 좋아해서 동료 작가들과 분기별로 야외 스케치 여행도 하고, 그림 공부를 하고 싶지만 용기 내지 못하는 예비 장애작가들을 불러 모아 미술 교육도 진행하고 있다. 그리고 세계구족화가협회 회원으로 해야 하는 '숙제'도 적지 않다.

이러저러한 일도 많고 기대도 많아서 때론 부담도 크고 또 버겁기도 하지만 내가 할 수 있는 일은 온 힘을 다해 해내고 싶다.

그것이 내 두 번째 삶의 사명이라고 믿고 있기 때문이다.

봄비가 내리는 오늘 밤은 특별히 더 유리창에 미끄러져 내리는 빗물이 사랑스럽다.

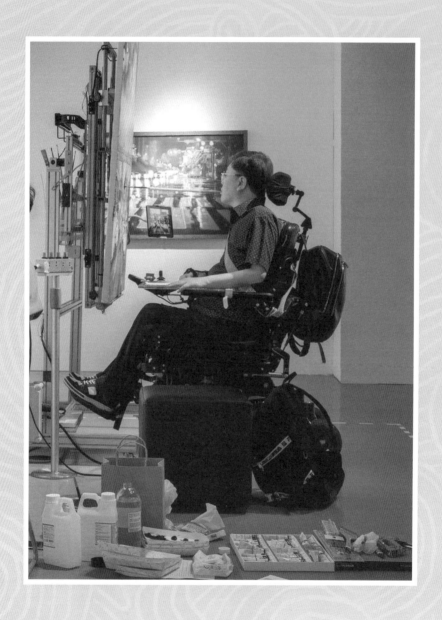

송진현

대구대학교 사범대 화학과 졸업

(사)대구장애인미술협회 회장
세계구족화가협회 회원
한국장애인전업미술가협회 회원
(사)한국장애인미술협회 회원
(사)한국미술협회 회원
(사)현대미술인협회 회원
대구특수학교사생대회 심사위원장

2019 (사)한국장애인문화예술단체총연합회 추천작가 인증
2016 대한민국장애인미술대전 대상
2015 (사)한국장애인미술협회 공로패
2012 장애인문화예술축제-제3회 온몸으로전하는회화서예전 대상
2011 보문미술대전 입상
2010 문화체육관광부 주최 "희망" 축제 장애인미술가상 최우수상
2008 (사)한국교육문화원 대한민국교육공로 봉사상
2006 한유미술대전 특선
2004 (사)현대미술인협회 대한민국미술대상전 입선

개인전
2023 "SAY GOODBYE" 휴갤러리 대구
2022 "GIOOMY DAY" 대구예술발전소 대구
2020 "사색의 풍경" 휴갤러리 대구
2018 "공감, 함께, 누구와?" 범어아트스트리트 대구
2011 "세상 속으로" BS아트센터 대구

개인부스전 6회
라온제나호텔 퀸아트페어 2023
장애인창작아트페어 4회(2020, 2019, 2015, 2014)
대구아트페스티벌 2015

전시 기획
2023~2003 대구장애인미술협회 정기전 "삶의 숨결을 그리는 사람들"
2022~2014 장애인작가와 비장애인작가가 함께 "그림으로 떠나는 여행"
2022 공감하는 일상 교류전

전시 경력
2023 Jogja International Biennale(인도네시아)
2023 구족화가 정기전, 경인미술관(서울)
2023 바람난 그림전, 청와대(서울)
2023 대구미술제, 대구문화예술회관(대구)
2022 UN 제네바 본부 초청 전시회(스위스)
2022 공감하는 일상교류전, 한영아트센터(대구)
2021 대구예술발전소 기획 초대전(대구)
2020 스토리 두잉 이미지쇼 미술작가
2020 장애인창작아트페어 Deep: Inside(예술의전당)
2019 화가촌 연합전, 한중일 작가교류전
2019 한국장애인문화예술총연합회 미술 부문 추천작가
2017 웃는얼굴아트센터 기획 초대전
2015 한마음아트페스티벌 초대전
2014 아시아장애인미술가 "희망 빛"을 그리다(인천아시안게임)
2011 아시아태평양 장애인 대표작 전
LA 한국문화원 "고난을 극복한 작가들" 展
운보 긴기창 문화재단 특별기획 "소리 없는 메아리" 展
세계구족화가협회전(대만, 비엔나, 바르셀로나)